Aurélien Gougaud

Der Weg des kleinen Glückssuchers

AURÉLIEN GOUGAUD

Der Weg des kleinen Glückssuchers

Roman

Aus dem Französischen
von Anja Mehrmann

PENDO

Mehr über unsere Autoren und Bücher:
www.pendo.de

Wenn Ihnen dieser Roman gefallen hat,
schreiben Sie uns unter Nennung des Titels
»Der Weg des kleinen Glückssuchers«
an *empfehlungen@piper.de*, und wir empfehlen
Ihnen gerne vergleichbare Bücher.

MIX
Papier aus verantwortungsvollen Quellen
FSC® C014496

ISBN 978-3-86612-468-4

Titel der französischen Originalausgabe:
»La solitude des grandes personnes«,
Éditions Albin Michel, Paris 2019

Redaktion: Nadine Lipp
Satz: Fotosatz Amann, Memmingen
Gesetzt aus der Comorant Garamond
Druck und Bindung: GGP Media GmbH, Pößneck
Printed in Germany

Auf dem Hügel drehen wir ein paar Kurven, dann fahren wir auf die vierspurige Straße neben einem Industriegebiet. Gleich darauf folgen Felder in verschiedenen Grüntönen, die Traktoren sehen aus wie durchgestrichene Stellen in einem großen Malbuch.

Maman will mich beruhigen und sagt, dass wir bald da sind, dabei habe ich genau davor Angst. Ich traue mich nicht, es ihr zu sagen, aber ich sehne mich nach den Schultagen, an denen ich mich stundenlang mit dem Funkeln der Sonne auf dem Ziffernblatt einer Armbanduhr beschäftigen konnte.

Seit der ersten Mautstelle hören wir dauernd dieses Lied von einem Mann namens Tracy Chapman. Er scheint von Autos und Reisen zu singen. Maman sagt, das passe genau. Vielleicht gibt es ja Reiselieder, so, wie es auch Weihnachtslieder gibt. Neben der Straße sind hin und wieder Kühe zu sehen oder Schafe und manchmal auch Verkehrsschilder. Meistens steht »Alle Richtungen« darauf. Wo man wohl ankommt, wenn man in alle Richtungen fährt? Als ich Maman gefragt habe, wo wir hinwollen, hat sie nur gesagt: »An einen besseren Ort.«

Das klingt weit weg.

Ich gehe hier nur selten raus. Maman sagt, das liegt daran, dass es so oft regnet, aber ich weiß genau, dass sie Angst hat – die Tropfen da draußen sind nämlich so fein wie die aus den Sprühflaschen, die sie benutzt, wenn sie die Wohnung putzt. Vom Fenster aus sieht man auf die Straße, ich schaue auf die Autodächer und betrachte darin den Himmel. Ohne die Autos wäre der Regen manchmal gar nicht zu sehen. Man würde ihn nur ständig im Gesicht spüren wie feuchten Wind.

Unten brüllen nachts irgendwelche Leute. Sie schreien nicht vor Wut oder Angst, eher so, als ob sie sich freuen oder als wären sie einfach gern ein bisschen lauter als die Leute tagsüber.

Morgen vor einem Monat habe ich wieder mit der Schule angefangen. Um neun Uhr setzt Maman mich in einem großen Klassenraum ohne Lehrer ab, den sie Bibliothek nennt. Sie sagt, dass es in meiner alten Schule nichts gab, was man nicht auch in Büchern finden könne. Ich habe ihr versprochen, jeden Tag eins zu lesen, und manchmal lese ich sogar zwei.

Die Bibliothek gehört Madame Goulde. Ihre Haare sind oben weiß und an den Spitzen schwarz, wodurch sie alt aussieht, aber nicht sehr alt. Wenn ich ihr erzähle, was ich gelernt habe, sagt sie oft, ich sei »sehr intelligent«.

»Muss man nur wiederholen können, was man gelesen hat, um ›sehr intelligent‹ zu sein?«

»Wer wiederholen kann, was er aus Büchern gelernt hat, ist gebildet. Bildung ist das, was man im Gedächtnis hat. Intelligenz bedeutet, dass man die Bücher einordnen kann.«

Die Leute hier sind alle sehr brav. Nicht wie in meiner alten Klasse, wo ich immer jemanden zum Schwatzen gefunden habe. Hier unterhält sich niemand, jeder sitzt brav in seiner Ecke, und wenn überhaupt einer redet, dann höchstens Madame Goulde, und immer im Flüsterton, so, als vertraue sie einem etwas sehr Wichtiges an.

Wenn ich nicht weiß, für welches Buch ich mich entscheiden soll, empfiehlt sie mir eins und sagt, dass es mir gefallen wird – so, als hätte sie jedes einzelne selbst gelesen. Ich glaube, sie lügt, um mich zu beeindrucken, wie es besonders intelligente Erwachsene tun, denn neulich habe ich ihr etwas aus einem erfundenen Buch erzählt, und sie hat es überhaupt nicht gemerkt.

Man findet alles Mögliche in ihrer Bibliothek. Ich habe sogar einen neuen Freund gefunden. Morgens spielen wir, und abends bleibt er da, um mit mir zu lesen, bis Maman mich abholt. Er heißt Jupiter, und letzte Woche hat er gesagt, dass ich sein bester Freund sei. Gestern habe ich Madame Goulde gefragt, ob ich Jupiter zum Übernachten zu mir nach Hause einladen kann, aber sie hat geantwortet, dass er die Bibliothek nicht verlassen darf. Das fand ich sehr ungerecht, weil sie ihm etwas verbietet, das allen anderen Schülern erlaubt ist. Jupiter war damit auch nicht einverstanden, und wir haben uns fest vorgenommen, ein Buch zu finden, in dem steht, wie wir seine Flucht organisieren können.

Heute hat Maman mich ein bisschen früher als üblich abgeholt, und auf dem Rückweg kamen wir an einer alten Schule vorbei, in der Kinder spielten. Die Jungs sahen zwar nicht gebildet und auch nicht sehr intelligent aus, aber sie hatten viel Spaß. Maman hat mich am Arm gefasst und weitergezogen, als befürchtete sie, dass ich reingehen will. Dabei mache ich mir überhaupt nichts daraus, in einem Klassenraum mit Tischen, einem Lehrer und Mitschülern in meinem Alter zu sitzen ... ich finde nur manchmal, dass in der Bibliothek ein Platz zum Fußballspielen fehlt.

Sind wir frei in unseren Entscheidungen? Ich fand die Frage irgendwie blöd, denn um zu beurteilen, ob man frei ist, müsste man erst mal wissen, was man unter Freiheit versteht, schließlich kann dieses Wort sehr unterschiedliche Bedeutungen haben, je nachdem, in welchem Buch es steht. Als ich Madame Goulde das erklärt habe, meinte sie, ich würde später mal Philosoph. Ich habe gesagt, dass ich nichts dagegen hätte, solange es gut bezahlt ist, und sie hat laut gelacht. Mir ist nicht ganz klar, warum.

Am Abend ist dann etwas sehr Merkwürdiges passiert. Ich habe Maman erzählt, dass ich arbeiten will, damit ich mir die Anmeldung im Fußballverein in unserem Stadtteil leisten kann, und da hat sie angefangen zu weinen, so heftig, als hätte sie gerade erfahren, dass ihr Hamster gestorben ist. Meiner hieß Hermès. Ich dachte, es läge daran, dass sie Fußballspieler nicht mag, aber gleich darauf fing sie an, lauter komisches Zeug zu reden. Dass sie viel gearbeitet hätte und so, und wenn es so weiterginge, müsste ich wieder zu meinem alkoholabhängigen Vater zurückgehen und mit ihm zusammenleben. Ich habe geantwortet, dass das nicht geht, weil ich noch nie mit ihm »zusammengelebt« habe, dann habe ich ihr die Zunge rausgestreckt, und sie wollte mich packen, aber ich bin ins Badezimmer gelaufen, wo noch was zu lesen für mich lag, und habe mich eingeschlossen. Ich muss sehr lange dortgeblieben sein, denn als ich wieder herauskam, hatte Maman sich beruhigt und tat so, als schliefe sie. Das weiß ich, denn normalerweise schnarcht sie, aber diesmal war kein Laut zu hören.

Ich bin gerade mit der Bibel fertig. Die hat mir gut gefallen. Vor allem das Alte Testament mit der Arche Noah und dem Turmbau zu Babel. Ich fand das viel besser als *Alice im Wunderland*, aber ich glaube, *Harry Potter* war mir doch noch lieber. Ich habe auch *Malcolm X. Die Autobiografie* gelesen, und als ich mit Madame Goulde gesprochen habe, war ich sehr enttäuscht zu erfahren, dass er schon tot ist. Schade, dass er nicht auch wiederauferstanden ist, denn ich bin mir sicher, er wäre nicht nur vierzig Tage geblieben und dann wieder abgehauen wie ein alkoholabhängiger Vater.

Ich habe eine Entscheidung getroffen. Falls ich kein Fußballspieler oder Philosoph sein kann, werde ich eben Privatdetektiv. Ich glaube, das ist einfacher, und wenn ich es schaffe, vor unserem Aufbruch sämtliche Sherlock-Holmes-Bände zu lesen, bin ich fit genug, um ein paar Mörder zu entlarven.

In der zweiten Etage der Bibliothek, zwischen Hörbüchern und Architektur/Bildhauerei, habe ich meine wichtigste Entdeckung seit der Comicabteilung gemacht. Da steht auf einem Schild: »Unterhaltungsliteratur – entfliehen Sie dem Alltag«. Ich habe Jupiter schon öfter hier herumhängen sehen, aber weil man an der Medizinabteilung vorbeimuss und in dem Gang ein riesiges Skelett steht, hatte ich mich bislang noch nie so weit vorgewagt.

An diesem Morgen habe ich Jupiter gefragt, wohin wir gehen wollen, wenn wir fliehen, aber er war nicht sehr gesprächig. Immerhin haben wir beschlossen, an einem Freitag zu verschwinden. Maman verspätet sich häufig, und Madame Goulde sieht sich immer eine Kochshow an, die sie »um nichts auf der Welt« verpassen will. Ich habe ihr nicht gesagt, dass es vermutlich viele Dinge auf dieser Welt gibt, wegen denen sie ihre Sendung verpassen könnte. Maman meint, Übertreiben ist nicht schlimm, solange man niemandem damit wehtut.

»Es liegt immer an irgendetwas, dass etwas passiert.« Ich habe vergessen, von wem dieser Satz stammt, aber ich glaube, es ist der schlaueste, den ich je gelesen habe. Ich sage das, weil ich mich inzwischen mit Literatur zur Flucht aus dem Alltag beschäftige und zuerst sehr traurig war, dass es darin eher um das Leben in fremden Ländern als um richtiges Flüchten geht. Aber zufälligerweise habe ich dadurch herausgefunden, wohin wir gehen können, falls es uns an irgendeinem Freitag mal gelingt, von hier zu verschwinden. Jupiter hat mir nicht genau gesagt, woher er kommt, und ich musste mehrere Bücher lesen, bis ich endlich kapiert habe, warum er mich an diesen Ort geführt hat, aber jetzt weiß ich es: Ägypten. In diesem Land waren Katzen heilig, dort finden sich die Spuren der ersten Katzen überhaupt, die Leute gaben mehr Geld für die Beerdigung einer Katze als für die eines Menschen aus, die Götter hatten Katzenköpfe, auf das Töten einer Katze stand die Todesstrafe ... Langer Rede kurzer Sinn: Ich habe herausgefunden, dass Katzen in Ägypten ganz schön wichtig waren, und ich glaube, Jupiter wollte mir etwas klarmachen, indem er mich hierhergeführt hat.

Ich habe überhaupt nicht geschlafen. Mein Bein hat gejuckt, und als ich mich gekratzt habe, fing es überall an zu jucken. Na ja, ein kleines bisschen habe ich schon geschlafen, aber ich bin trotzdem sehr müde. Auf einmal habe ich keine große Lust mehr zum Fliehen, obwohl Freitag ist. Ich habe es Jupiter gesagt, und er war wohl sehr enttäuscht, denn er ist danach auf sein leeres Regal ganz nach oben geklettert und hat für den Rest des Vormittags nicht mehr mit mir geredet. Erst später ist er wieder runtergekommen, zum Mittagessen, und während seines Nickerchens habe ich ihm ein Buch über Schlangen vorgelesen.

Zum Geburtstag hat Madame Goulde mir ein Trikot von Manchester United geschenkt, es hat mal ihrem Sohn gehört. Sie hat versprochen, mir auch die Schuhe zu geben, sobald sie mir passen. Hoffentlich wachse ich nicht so schnell, denn im Augenblick ist das Trikot gerade groß genug für Jupiter und mich.

An meinem Geburtstag hat es sogar geschneit, und ausnahmsweise durfte ich in der ersten Etage aus dem Fenster gucken. Weil der Boden gefroren war, rutschten viele Leute auf der Straße; ich habe sogar gesehen, wie sich vier hingelegt haben. Jupiter ist den ganzen Nachmittag unter meinem Trikot geblieben, und ich habe mir gesagt, dass wir am Tag unserer Flucht unbedingt daran denken müssen, gute Schuhe anzuziehen.

Abends habe ich geweint, weil ich dachte, Maman hätte meinen Geburtstag vergessen, aber am nächsten Tag hat sie mir einen Kuchen gebacken, so groß, dass ich nicht alle Kerzen auf einmal auspusten konnte.

Seit Wochen schon wollte ich eine wahre Fluchtgeschichte lesen, hatte bisher aber nicht gewagt, Madame Goulde danach zu fragen, aus Angst, sie könnte uns verdächtigen, dass wir ein krummes Ding drehen und sie austricksen wollen. Ich habe mit Jupiter darüber gesprochen, und er hat kein passendes Buch gefunden, ich habe ein bisschen gebetet, was aber auch nicht geholfen hat, und dann habe ich gelesen, dass man findet, wenn man zu suchen aufhört. Also habe ich beschlossen, erst mal etwas anderes zu machen. Aber später habe ich weitergesucht und bin endlich auf das richtige Buch gestoßen, darum weiß ich jetzt nicht, ob das Gebet vielleicht doch gewirkt hat, mit Verspätung.

In dem Buch geht es um die Geschichte eines Mannes, der aus dem Gefängnis ausbricht, um sich mit seiner Geliebten zu treffen, aber als er ihr begegnet, ist sie nicht mehr so verliebt in ihn wie früher, daher glaube ich, dass er sie am Ende umbringen wird. Das Buch scheint nicht schlecht zu sein, aber ich habe bisher nur die ersten fünfzehn Seiten gelesen, wo der Mann seinen Ausbruch vorbereitet. Dabei habe ich gelernt, dass es das Wichtigste ist, sich ein Täuschungsmanöver auszudenken, um die Wärter abzulenken, und wenn sich dann eine Gelegenheit bietet, muss man sie auch nutzen.

Ich bin mir nicht sicher, ob wir Ägypten erreichen werden, aber ich glaube, Jupiter gefällt die Vorstellung, nach Hause zu kommen, darum erzähle ich ihm gelegentlich immer noch etwas über das Land. Außerdem glaube ich, dass wir ein prima Abenteuer erleben werden, auch wenn wir es nicht bis nach Ägypten schaffen sollten.

Dank der Zahnfee, von der ich hin und wieder eine Münze für meine ausgefallenen Zähne bekomme, konnte ich etwas Geld zur Seite legen. Ich hatte neun Euro, aber diesen Monat musste ich eins fünfzig für drei Tetrapaks Apfelsaft ausgeben, und zehn Cent habe ich in die kleine Spardose in der Bibliothek gesteckt, darum sind jetzt auf einmal nur noch sieben Euro vierzig übrig ...

Früher war ich reich. Maman hatte mir zehn Euro vom Weihnachtsmann gegeben, aber gleich dazugesagt, dass wir ein Bankkonto damit eröffnen, denn auf diese Weise werden aus meinen zehn Euro mindestens fünfhundert geworden sein, wenn ich groß bin. Ich habe Angst, dass die Banken das nur sagen, damit die Kinder ihre Konten vergessen und sie das Geld vom Weihnachtsmann behalten können, darum hat Maman mir ein Lesezeichen gemacht, auf dem »Bank« steht. So kann ich sicher sein, dass ich mich zu gegebener Zeit an mein Geld erinnere.

Mir sind die Bösen lieber, denn die Bösen verlieren. Es ist nicht sehr spannend, für jemanden zu sein, wenn man von Anfang an weiß, dass er gewinnen wird.

»Ist es denn interessanter, wenn man von Anfang an weiß, dass er verlieren wird?«

Beim Bösewicht kann man sich wenigstens wünschen, dass er gewinnt, aber zu hoffen, dass der Gute verliert, das wäre gemein.

»Du weißt aber schon, dass es im richtigen Leben keine Guten und Bösen gibt, oder?

Ja, das weiß ich. Jesus sagt immer, dass Gott in jedem von uns ist, und *ich* sage immer, dass ein Buch gut ist, wenn der Bösewicht auch ein bisschen gut und der Gute manches Mal ein bisschen böse ist.

»Es heißt ›manchmal‹.«

Das weiß ich. Aber manchmal sage ich eben lieber manches Mal.

Zusätzlich zu meinen sieben Euro vierzig hat Jupiter eine Fünfzigcentmünze gefunden, sie lag unter seinem Sessel, und Madame Claire, mit der ich mich manchmal zwischen den Comicregalen unterhalte, hat mir einen Fünfeuroschein gegeben und gesagt, ich soll mir Schokolade davon kaufen. Ich schäme mich ein bisschen, weil ich sie angelogen habe, aber ich habe das Geld lieber zu unserem Ersparten getan. Elf Euro vierzig, zwölf Euro vierzig, dreizehn Euro vierzig, plus die fünfzig Cent … macht dreizehn Euro achtzig. Fast genug, um sich einen Säbel oder ein Heft zu kaufen.

»Maman …«

»Maman?«

»Ja, mein Herz, eine Sekunde.«

»Maman? Die Sekunde ist schon vorbei.«

»Ich rede mit dem Herrn hier, das siehst du doch.«

»Maman …«

»Maman!«

»*Was ist denn?!!*«

»Wärst du sauer auf mich, wenn ich in den Urlaub fahren würde?«

»Diesen Sommer, mein Junge, so Gott will.«

»Und wenn Gott will, aber ich nicht mehr?«

»Sei jetzt mal ruhig. Ich rede mit dem Herrn hier.«

Ich habe Maman nicht wirklich gesagt, dass ich Jupiters Flucht organisieren werde. Ich habe Angst, dass sie es mir verbietet. Falls sich die Gelegenheit ergibt, flüchten wir nächsten Freitag, und am Donnerstagabend hinterlasse ich ihr eine Nachricht in meinem Zimmer, damit sie sich keine Sorgen machen muss. Und wenn sich doch nichts ergibt, stecke ich den Zettel beim Nachhausekommen wieder ein, dann muss sie sich auch keine Sorgen machen.

Heute haben Jupiter und ich mit den Vorbereitungen begonnen. Um unser Hab und Gut zu verstauen, habe ich eine Tasche mitgenommen, die ihm bisher als Kissen gedient hat. Anfangs schien er damit nicht einverstanden zu sein, aber inzwischen habe ich ihm ein paar Bücher zurechtgelegt, und eigentlich hat er es jetzt sogar bequemer als vorher. Ich habe auch meine Mütze mitgenommen, Buntstifte, eine Zeitschrift, die ein Mann vergessen hat, meinen Kompass, eine Schüssel für Jupiters Futter und ein Seil. So ein Seil kann man immer gebrauchen.

Mittwochs sind die Leute oft lauter. Manche kommen sogar in Gruppen, um zu diskutieren. Es gibt auch einen alten Herrn, der fast jeden Morgen da ist und den ich noch nie lesen gesehen habe. Er dreht eine Runde durch die Bibliothek, nimmt irgendwo Platz, bleibt lange sitzen und macht ein brummiges Gesicht wie Jupiter, wenn er müde ist, weil er die ganze Zeit hinter seinem Schwanz hergelaufen ist, ohne ihn zu kriegen. Ich weiß, eigentlich hätte ich dem Mann nichts von unserer Flucht erzählen dürfen, wo ich doch vorher noch nie mit ihm gesprochen hatte … Aber mir kam es so vor, als hätte ich Jupiter angeschwindelt mit diesem Versprechen, ihn nach Ägypten zurückzubringen, und der Gedanke, dass ich vielleicht meinen besten Freund belogen hatte, machte mich traurig … Plötzlich musste ich fast weinen, aber der alte Herr hat etwas zu mir gesagt, was ich noch nie irgendwo gelesen habe, und ich habe es mir sofort in mein neues Heft geschrieben: *Eine Lüge, die heilt, ist Medizin.* Und dann ist er weggegangen.

Draußen wird es allmählich kalt. Ich habe keine guten Schuhe für Jupiter gefunden, aber er ist trotzdem total gut ausgerüstet. Schlafen wird er unter meinem Trikot, und für tagsüber habe ich ihm einen Pulli aufgeschnitten, den ich ihm über den Rücken legen kann. Er ist blau, weil das meine Lieblingsfarbe ist, aber weil Rot meine zweite, genauso liebste Lieblingsfarbe ist, habe ich ihm aus meinem Spiderman-Schal auch noch eine Mütze gemacht. Alles liegt in unserer Tasche, und er bewacht sie Tag und Nacht.

Liebe Mama,
ich weiß, du bist jetzt vielleicht ein bisschen sauer, aber ich habe in den letzten zwei Wochen (sogar sonntags) drei Bücher gelesen, und drei habe ich mitgenommen, darum werde ich nicht allzu viel verpasst haben, wenn ich zurückkomme.

Sag Madame Goulde nicht, dass ich es bin, der Jupiter bei der Flucht geholfen hat. Ich habe Angst, dass sie die Polizei ruft, und dann muss ich ins Gefängnis.
Ich möchte dir noch sagen, dass du ganz beruhigt sein kannst, falls du dir mal Sorgen machst. Ich habe nämlich einen Plan. Und ich habe auch die Umschläge, die du in die Schublade im Wohnzimmertisch geräumt hast, so kann ich dir sogar eine Postkarte schicken, wenn ich durch Ägypten reise.

Ich hab dich lieb.

Maman wartete vor meiner Zimmertür auf mich und nörgelte rum, weil sie zu spät kommen würde. Aber ich habe den Brief noch schnell in einen Umschlag gesteckt und ihn auf mein blaues Kopfkissen gelegt.

Es ist dreizehn Minuten nach zwölf, und ich bin um 9:43 Uhr hier angekommen. Ich habe versucht zu lesen, aber ich schaffe keine einzige Seite. Ich glaube, heute ist der längste Tag meines Lebens.

Die Tasche ist zwar ziemlich schwer, aber ich bin bereit. Ich habe mein Trikot, meinen Anorak und mein Pausenbrot, das ich mir als Proviant aufbewahrt habe, und ich habe Jupiter, der brav auf das Zeichen wartet. Hin und wieder steckt er in der ersten Etage den Kopf zum Fenster hinaus, so, als wollte er nachsehen, ob der Weg auch frei ist. Ich wage zwar nicht, mich so weit hinauszulehnen wie er, aber manchmal gucke ich auch aus dem Fenster. Ich hoffe, dass es schneit.

In zehn Minuten beginnt Madame Gouldes Kochshow. Maman ist die Einzige, die uns noch aufhalten könnte. Falls ich ihr über den Weg laufe, habe ich es nicht nur vermasselt, sondern sie wird mich außerdem ausschimpfen, weil ich die Briefumschläge mitgenommen habe ... Ich glaube, ich verstecke mich im Park gegenüber und warte, bis sie wieder weg ist. Danach können wir endgültig aufbrechen.

Ich bin mir nicht ganz sicher, ob das hier eine gute Idee ist. Wie durch Zufall habe ich nämlich zu lange gewartet, plötzlich läuft schon die Werbung, und Madame Goulde hat sich wieder zu uns umgedreht. Maman kann jeden Augenblick kommen, und Jupiter ist bestimmt sauer auf mich, wenn ich noch einen Freitag vergehen lasse, nur, weil ich Bammel gekriegt habe.

Jetzt. Ich bin mir fast sicher. Das ist die Gelegenheit: Madame Goulde muss zur Toilette. Gleich geht sie los, und wenn Maman dann nicht auftaucht, ist es gut. Alles wird gut.

Es hat nur wenige Sekunden gedauert. Als ich gesehen habe, dass sie aufsteht, habe ich unsere Tasche geholt, meinen Mantel und die Schuhe. Ich war ein bisschen nervös, weil ich Jupiter nicht finden konnte, aber er wartete schon am Eingang auf mich.

Die Tasche war schwer und die Nacht kalt. Der Park gegenüber war geschlossen, und Jupiter glaubte, Maman in der Ferne zu sehen, also haben wir beschlossen, mit dem Bus zu fliehen.

Lärm und Umarmungen. Wenn man die Augen zumacht, glaubt man, auf einer Party zu sein. Wie in der Mittelstufe, als die Mädchen verschämt tanzten, um die Jungs anzulocken, die nach dem ersten Bier bereits in gehobener Stimmung waren. Menschen fotografieren Menschen, die sich selbst fotografieren. Karen brüllt rum wie ein kleines Kind, das gesehen werden will, aber keine Beachtung findet. Vor zwei Stunden sah sie noch aus wie eine Depressive auf Urlaub, gekommen, um an Nichtdepressiven ein offenes, unverstelltes Lächeln zu üben. Ich denke, in zehn Jahren wird sie die Frau eines homosexuellen Promis sein.

Je mehr Zeit vergeht, desto hungriger werde ich. Der Gastgeber sammelt die Flaschen ein und bringt volle Gläser, als wollte er dafür sorgen, dass niemand sich noch einmal nachschenken kann. Die Glühbirne in der Deckenlampe brennt durch, was einige Leute zu freuen scheint, weil sie offenbar denken: »Wenn ich dich kaum noch erkennen kann, fällt es mir viel leichter, dich zu küssen.« Ein Mann. Schattenhafte Umrisse. Eine Frau. Pobacken. Als ich von der Toilette komme, ist Karen verstummt. Die Tanzenden haben sich wieder hingesetzt, und jemand hat die Glühbirne ausgewechselt. Man könnte sagen, es ist die Pause nach der Pause. Bald ist es an der Zeit aufzuräumen. Aber vorher ist es Zeit zu gehen.

Ich glaube, die Leute kriegen vor allem deshalb Kinder, um sich das Altern erträglicher zu machen. Nichts ist furchterregender als das Verrinnen der Zeit, das Welken des Körpers, das Annehmen des Todes als endgültiges Verfallsdatum. Also erschafft man eine Miniaturausgabe seiner selbst, um ihr beim Leben zuzuschauen, solange sie noch schön ist. Solange sie größer wird, aber nicht altert. Es ist bewundernswert und lächerlich zugleich, so, wie an Gott zu glauben oder einen leeren Stimmzettel abzugeben.

»Welches Rezept?«

»Welches Brot?«

»Wie groß sollen die Scheiben sein?«

»Mit oder ohne Käse?«

»Gerieben oder in Scheiben?«

Es ist schrecklich. Ich habe ihn beschimpft und bin zur Tankstelle gegangen, Dreiecksandwiches kaufen.

Ich gehe gern schlafen, nachdem ich ein bisschen getrunken habe. Nüchtern zu Bett zu gehen bedeutet, dass ich nachdenken werde, und Nachdenken führt zu Schlaflosigkeit. Ich beneide die schlichten Gemüter, die dieses Problem nicht kennen.

Ich schlafe nicht. Ich habe Angst, arm, dick und als Junggeselle zu enden und von Selbstachtung und Leitungswasser leben zu müssen.

Meine Matratze ist eine Salzwüste. Ich weiß nicht, warum man sich darauf versteift, die Sachen des anderen aufzubewahren wie Reliquien. Ich hebe die Haarspange auf, die noch am Fußende des Betts liegt, und sie wiegt so viel wie ein Kanapee. Vorsichtig lege ich sie auf den Nachttisch und bin überzeugt davon, dass sie mir beim Einschlafen helfen wird.

Heute Abend werde ich zu ihr gehen. Ich habe es mir gut überlegt – lieber lasse ich mich von Zurückweisung vernichten als von Sehnsucht zermürben.

Unten vor dem Haus kommt mir der Gedanke, dass dies mit Sicherheit das letzte Mal ist. Als ich den Fahrstuhl betrete, habe ich absolut keine Ahnung, was ich ihr sagen will.

Sie ist so schön, dass ich bereits bedaure, hergekommen zu sein. Ich ertrage diesen weiblichen Stolz nicht, diese Art, im Augenblick der Trennung so begehrenswert wie möglich zu sein, als könnte dieses letzte Bild die Erinnerung bestimmen oder als hätten ein Lippenstift und eine enge Hose mehr Macht als ein Satz.

Sosehr ich mich auch bemühe, ich kann mich nicht erinnern, was mich zu diesem Besuch getrieben hat. Seit ungefähr einer halben Stunde erklärt sie mir, dass ihre Entscheidung gefallen ist und dass »du mich respektieren musst, wenn du mich liebst«. Es hat überhaupt keinen Sinn. Wie bescheuert muss man sein, um sich so was anzutun?

Ich möchte sterben, damit sie sich schuldig fühlt. Sterben als Beweis. Dafür, dass du unrecht hattest. Mir war warm, aber in meinem Inneren regnete es.

Unter einem Gerüst warten in der Hoffnung, dass es einstürzt. Eine schmale Straße, ein offenes Restaurant, der Schatten von Kletterpflanzen, der hinter einer Milchglasscheibe zu erkennen ist. Kinder fahren Ski ohne Schnee. Der Gedanke lässt ihn lächeln, bis eins davon ihn mit »Monsieur« anspricht. Gebäude. Hof. Gebäude. Boulevard. Ja, genau. Gefangen von der Stadt, den Flics, den anderen. Er stellt sich ein Attentat auf diese ausgedehnte, von Autos und statischen Menschen bevölkerte Wüste vor. Was er ihr nach einigen Tagen des Schweigens schreiben würde. Eine Träne, die im Wind trocknet.

Himmel ohne Mond und Sterne. Er wankt wie ein Schiffbrüchiger, keine Chance, sich zu verlaufen, weder Anfang noch Ende, ein Korridor in einem Traum, in dem man sich von oben sieht, nur die Kälte wird ihn aufhalten … diese Kälte … Er biegt rechts ab.

Ein paar Autos in der Ferne, ähnlich dem Geräusch von Wellen.

Ich träume.

Ich träume, dass es schneit.

Ich träume, dass es schneit und ein Kind an meinem Arm zieht.

Der Bus ist ein Zug, die Stadt ein Kontinent. Noch nie habe ich so viel Licht, so viele Gesichter und Autos gesehen, sogar Jupiter drückt die Pfoten an die Scheibe, ist von all den Sehenswürdigkeiten genauso hingerissen wie ich. Leute steigen ein und aus und spielen ihre Rolle, die nirgendwo geschrieben steht. Wenn wir anhalten, kreuzen sich ihre Wege, sie rempeln einander an, ohne Guten Tag oder Entschuldigung oder Auf Wiedersehen zu sagen. Wäre Maman hier, hätte sie eine Menge zu tun.

Eine alte Dame hat mich gefragt, ob ich verreise. Ich habe nicht geantwortet, aus Angst, dass sie mich verpetzt.

Auf die Fensterscheibe im Bus habe ich das Meer gezeichnet. Jupiter hat angefangen und mit den Pfoten die Wellen gemacht. Vor Kurzem sind alle ausgestiegen, und seitdem ist noch keiner reingekommen. Ich glaube, Maman hatte inzwischen Zeit, meinen Brief zu lesen, aber ich mache jetzt erst mal den Strand fertig. Jupiter döst vor sich hin, er wartet darauf, dass wir losfahren.

Und dann fährt der Bus mit einem Ruck wieder an. Ich hatte nicht mal genug Zeit, um aus dem Fenster zu schauen. Diesmal ruckelt es ganz schön, und ich habe Jupiter unter mein Trikot geschoben, damit er nicht runterfällt. Die Leute sind auf einmal auch unruhiger als vorhin. Erwachsene haben Sachen zu mir gesagt, die ich nicht kapiert habe, also habe ich so getan, als wäre ich gar nicht da. Ich habe Lust, auszusteigen und uns etwas zu essen zu kaufen. Das ist der erste Teil meines Plans.

Okay. Wir haben noch acht Euro und jede Menge Cents. Richtiges Katzenfutter wäre zu teuer gewesen, darum habe ich ihm stattdessen Sardinen gekauft und mir Chips als Dessert nach dem Pausenbrot. Wir haben auch eine kleine Bank zwischen großen Gebäuden gefunden, die war unser Esstisch. Der Mond hat die Form einer Schüssel, und Jupiter hat seine zerbrochen. Erst war ich traurig, aber inzwischen glaube ich, dass er genauso gern direkt von der Bank isst. Ich habe ihm nur vier Sardinen gegeben, sonst hätte er garantiert die ganze Dose leer gefressen. Ich hingegen habe alle Chips gegessen.

Manchmal denkt man über etwas nach, und *zack!* vergisst man sein Kissen. Ich war dermaßen beschäftigt, dass mir genau das passiert ist: Ich habe vergessen, mir ein Kissen mitzunehmen. Ich habe auch vergessen, etwas zu trinken zu kaufen, aber das ist nicht so schlimm, weil ich weiß, dass es Geschäfte gibt, die nachts geöffnet haben, falls mal jemand Durst hat.

Da es dort, wo wir uns befinden, keine Autos gibt, lasse ich Jupiter mit einer Maus spielen, die er gerade kennengelernt hat. Sie heißt Laura. Ich habe ihr vorgeschlagen, uns zu begleiten, aber sie zögert noch.

Es ist kälter, als ich dachte, darum haben wir beim Warten auf den Schnee eine Bude gebaut. Für das Dach habe ich Zweige von einem Strauch abgebrochen und sie mit meinem Seil zusammengebunden. Laura musste wieder zurück zu ihrer Mäusefamilie, und Jupiter scheint sie schrecklich zu vermissen. Ich bin froh, dass ich lesen kann, ohne dass Maman mich zwingt, das Licht auszumachen. Ich glaube, ich will nie wieder schlafen gehen.

Es schneit! Ich habe die Augen zugemacht und mich ein bisschen ausgeruht, aber plötzlich hat mich etwas am Hals gekitzelt. Da habe ich ein Auge aufgemacht, und zwischen den Zweigen war etwas

Weißes zu sehen. Ich habe Jupiter zur Belohnung eine Sardine gegeben, und dann bin ich aufgestanden, um den ersten Schneemann meines Lebens zu bauen. Das ist der zweite Teil meines Plans.

Weil ich keine Karotte auftreiben konnte, habe ich einen orangefarbenen Stift für die Nase genommen. Ich habe dem Schneemann auch meine Mütze geschenkt, damit er lebendiger wird. Er sieht ernst aus, aber auch sehr nett. Jupiter haut ständig mit den Pfoten auf den Schnee, so, als wollte er ihn wegwischen. Das funktioniert aber nicht besonders gut, und ich glaube, das geht ihm ein bisschen auf die Nerven. Die Wolken sind heller geworden. Der Mond ist nicht mehr zu sehen, aber es ist noch Nacht.

Auf dem Rückweg zur Straße bin ich an einem Erwachsenen vorbeigekommen. Er schläft, scheint aber nicht hier draußen zu wohnen, weil er weder Anziehsachen noch einen Hund dabeihat. Außerdem sind seine Haare geschnitten wie im Fernsehen, und Leute, die auf der Straße wohnen, haben keinen Friseur und auch keine Mama, die ihnen die Haare schneidet. Vielleicht war er unterwegs und wollte eine Pause machen, genau wie wir. Unter der Bank liegt kein Schnee, also muss er wohl schon eine ganze Weile dort liegen. Um Jupiter das zu erklären, versuche ich mir vorzustellen, was Sherlock

Holmes zu Doktor Watson sagen würde. Der Kater steckt den Kopf aus meinem Trikot heraus, um alles genau mitzubekommen. Übrigens: Während ich mit Jupiter geredet habe, sah es aus, als hätte der Mann etwas gesagt, aber ohne die Augen zu öffnen. Vielleicht ist ihm jetzt kalt oder er träumt und bewegt dabei den Kopf wie eine Katze beim Nickerchen.

Ich glaube, er friert. Ich versuche, seine Jacke zuzumachen, aber es sieht aus, als hätte er absichtlich den Arm so gelegt, dass er mir jederzeit zwischen die Beine hauen kann. Ich muss nur irgendwie diese Hand aus der Tasche kriegen und dann ...

Der Mann blickt das Kind an. Richtet sich erschrocken auf.

» Was machst du da? «

Er hat es nicht böse gesagt. Er klingt auch nicht beunruhigt. Eher so, wie wenn man mit jemandem spricht, den man kennt, der aber in Wirklichkeit gar nicht da ist.

» Ihnen war kalt. Und der Arm hat gestört. «

» Und was hast du um diese Uhrzeit hier draußen zu suchen, Kleiner, mal abgesehen davon, dass du meine Jacke zuziehst? Kannst du mir mal sagen, wo du hinwillst mit deiner großen Tasche und deiner Katze? «

» Sie zuerst. Warum sind Sie hier draußen? «

» Ich bin auf dem Weg nach Hause. «

»Aha. Und warum schlafen Sie auf einer Bank, wenn Sie das auch bei sich zu Hause machen können?«

»Ach Kleiner ... Ich bin eben müde. Wo ist denn deine Mama?«

Der Mann steht auf.

»Was ist, bist du immer noch stumm? Wenn du nicht mit mir reden willst, gehe ich eben ... Ach, was soll's. Hast du Hunger?«

Er heißt Adrien. Er hat angeboten, mir eine heiße Schokolade auszugeben und für Jupiter etwas zu trinken zu holen. Ich weiß noch nicht genau, ob ich ihm vertrauen kann, aber den Vorschlag finde ich gut.

»Reden scheint ja nicht dein Ding zu sein, aber futtern kannst du!«

Ich erinnere mich an einen Tag, als ich noch kleiner war. Mein Vater war tagsüber zu Hause und hat mich an einen Ort wie diesen mitgenommen. Wir saßen auf hohen Hockern an der Theke, und er hat gesagt: »Siehst du, hierher gehen die Erwachsenen, wenn sie nicht arbeiten.« Ich habe einen Apfelsaft getrunken und er einen Cappuccino.

»Und wenn er arbeitet, was macht dein Vater dann?«

»Meine Mutter sagt, er ist ein Schmarotzer, aber

ich glaube eher, dass er ein Söldner im Ruhestand ist … «

» Und deine Mutter ? «

» … und ich würde sehr gern Fußball spielen. Wenn ich es mir aussuchen könnte, für Manchester United oder Real Madrid. «

Adrien sieht müde aus, er blickt mich an, als wäre ich sehr weit weg. Er ist jung, aber er erinnert mich an den alten Herrn, der jeden Morgen in die Bibliothek kam und dort saß, ohne jemals ein Buch zu lesen. Hin und wieder fragt er noch mal nach, wo ich wohne und wo Maman ist, und dann kommt es mir vor, als wäre er für einige Minuten ganz wach. Anstatt ihm zu antworten, erzähle ich ihm irgendwas anderes. Mehr ist nicht nötig, damit ich erneut das Gefühl habe zu verschwinden.

Neben uns trinkt ein großer Mann sein großes Bier. Er macht das absichtlich, weil er mit Jupiter reden will. Er macht ihm Angst, und das nervt mich. Während ich darauf warte, dass wir wieder aufbrechen, packe ich den Kater in meine Tasche. Wenn er wegliefe, wäre das nicht nur das Ende unseres Abenteuers, sondern ich wüsste auch nicht, wie ich Madame Goulde alles erklären sollte. Vielleicht würde sie mich anstelle des Katers behalten, und dann wäre ich der Gefangene der Bibliothek. Oder schlimmer noch: Sie könnte mich ausschließen, mir den Zutritt verweigern und mich zwingen, wieder in eine Schule ohne Bücher zu gehen ... Nein, Jupiter läuft nicht weg. Das würde er mir niemals antun.

»Weißt du, ich würde nur gern verstehen, wie ein Kind in deinem Alter hier draußen allein leben kann ...«

»Ich bin nicht allein!«

»Allein und draußen mit seinem Kater, um sechs Uhr morgens.«

»Es liegt immer an irgendetwas, dass etwas passiert. Wenn Sie mir helfen würden, könnte ich vielleicht ...«

»Genau das habe ich dir doch gerade vorgeschlagen! Ich will dir helfen, wieder nach Hause zu gehen!«

»Ich will nicht nach Hause, ich will arbeiten und Geld verdienen. Das ist der dritte Teil meines ...«

»Sag mal, für wen hältst du dich eigentlich? Für den Kleinen Prinzen?!«

»Nein. Der Kleine Prinz ist ein Idiot, der glaubt, dass ein gezeichnetes Schaf eine Blume essen kann. Ich will nicht, dass Sie mir Geld oder Arbeit zeichnen, ich will, dass Sie mir helfen, beides zu finden. Niemand wird mich mit einem gemalten Geldschein bezahlen lassen.«

Das hätte ich nicht sagen sollen. Jetzt ist er ein bisschen genervt, und ich glaube sowieso nicht, dass er große Lust hat, mir Geld zu geben.

»Weißt du, Kleiner, ich will kein Kind. Und ich bin auch nicht dazu berufen, mich um die Kinder anderer Leute zu kümmern. Du könntest uns die Sache erleichtern, indem du deine heiße Schokolade austrinkst und mir sagst, wo ich dich absetzen soll, damit du ... na ja, ich weiß nicht ... damit du nach Hause gehen und Fußball spielen kannst. Mach nicht so ein Gesicht! Es wäre mir eine Freude, dich nach Hause zu bringen, verstehst du? Willst du mir denn keine Freude machen? Wirklich nicht?«

»Tut mir leid ... Ich würde Ihnen sehr gern eine Freude machen, aber ich kann nicht sofort nach Hause gehen. Und außerdem spiele ich noch gar nicht Fußball, vorher muss ich erst noch ein paar Sachen erledigen. Jupiter braucht mich. Jedenfalls vielen Dank für die heiße Schokolade. Ich glaube, das ist eine der besten, die ich in meinem ganzen Leben getrunken habe.«

Als er das gehört hat, ist er wohl ein bisschen neidisch geworden, weil er nur Kaffee getrunken hat. Jetzt sagt er nichts mehr und sieht noch müder aus als vorher.

»Rühr dich nicht vom Fleck, ich bin sofort wieder da.«

Das ist, als ob man »Ochs am Berg« spielt, nur dass niemand zählt. Adrien ist telefonieren gegangen. Er hat es mir nicht gesagt, aber ich sehe es durch die Fensterscheibe.

Es stimmt, dass man bei echten Menschen nicht so leicht durchschaut, ob man es mit einem guten oder einem bösen zu tun hat. Ich frage mich, ob er mir Geld besorgen will oder doch gerade die Polizei ruft.

Das Glück ... Für euch gehört es der Vergangenheit an. Eine Verrücktheit der Jugend, ehe die Dinge kommen, die wirklich zählen, kindliche Heldentaten vor dem Alter, in dem man vernünftig wird, der Zauber einer Geburt vor ihren Konsequenzen, eine perfekte Idylle, ehe alles kompliziert wird, oder einfach die Erinnerung an einen gelungenen Urlaub, in dem euer größtes Problem die Wahl des richtigen Restaurants war. Für mich existiert das Glück heute, morgen und gestern, und ich habe euch zu danken, denn ohne euch wäre nichts von alldem möglich gewesen.

Wir definieren uns nur in Bezug auf andere. Ein großzügiger Mensch ist nur großzügig im Spiegel geiziger Menschen. Ein Reicher wäre nicht reich, gäbe es keine Armen. Insoweit wäre ich mir meines Glücks zweifellos nicht bewusst, lebte ich nicht in dieser wundervollen Welt, in der Menschen, die unter psychischen Problemen zu leiden glauben, eine ähnliche Blütezeit erleben wie Eltern, die ihr Kind für hochbegabt halten.

Um glücklich zu sein, müssten sie nur begreifen, dass ihr eigentliches Problem darin besteht, keine Probleme zu haben. Dass das Glück kein Zustand von Kontrolle oder Loslassen ist, über den man im Imperfekt spricht, und dass die Bedeutung, die diese Leute sich selbst beimessen, das Einzige ist, das sie von ihrem Glück trennt und immer trennen wird.

Manchmal glaube ich, ich sollte ein Motivationsbuch schreiben.

So in der Art: *In zehn Lektionen zum Glück.*

Aber das würde sich vermutlich gut verkaufen, und bei der Vorstellung, berühmt zu sein, ist mir unbehaglich zumute.

Ich beneide niemanden, der durch seine Abwesenheit anwesend ist. Ich möchte, dass man mich jedes Mal vergisst, wenn ich weggehe. Beliebt zu sein ist für viele Menschen ein Ziel. Für mich bedeutet es Zwang. Die Leute mögen mich nur, weil ich ihnen nicht ähnlich bin. Weil ich etwas darstelle, von dem sie glauben, dass sie es selbst gern wären. Dabei lebe ich nur das Leben, vor dem sie geflohen sind: Ich höre zu.

Du redest wahnsinnig viel, und ich frage dich unaufhörlich nach Einzelheiten. Du hast eine Menge Fragen, und ich habe sämtliche Antworten darauf, die ich dir aber nicht geben werde. Das wäre zu einfach, und im Grunde ist es auch nicht, was du dir wünschst. Jedes Mal, wenn du sagst: »Sei ruhig ganz offen zu mir«, fleht dein Blick um Mitgefühl, dein Körper verlangt nach Trost. Du beobachtest. Ich hingegen *sehe* dich.

Er hat dich betrogen, und das findest du schlimm. Du bist weder die einzige Frau auf dieser Welt noch die begehrenswerteste, dennoch verstehst du es nicht. Ich sage dir: »Du hast etwas Besseres verdient.« Du pflichtest mir bei und schluckst deine Tränen hinunter.

Du hast nichts »verdient«. Warum glauben wir immer, dass wir etwas verdienen, so, als wäre das Leben normalerweise derart gerecht und fair, dass uns bereits die kleinste Schieflage unbegreiflich vorkommen muss. Vielleicht liegt es an der Schule … »Du hast gut gearbeitet, darum hast du eine gute Note verdient und bekommst auch dieses sündhaft teure Spielzeug, das du dir seit einem halben Jahr wünschst.« Wie dumm und egozentrisch muss man sein, um zu glauben, dass menschliche Beziehungen auf diese Art funktionieren?

»Jeder bekommt, was er verdient!« Was für ein

idiotischer Spruch! Die Art Spruch, die mich dazu bringt, den Autisten zu spielen, sobald ich ihn ausspreche. Da wir gerade dabei sind: Hat nicht auch der Autist nur bekommen, »was er verdient«?

Ihnen oft und lange zuhören, viele Fragen stellen, damit lulle ich sie ein. Manchmal gehe ich sie hart an – mit einfachen Begriffen, die den Anschein von Tiefe haben, wie Leichtigkeit, Angst oder Selbstvertrauen. *Geliebt werden.* So würde mein zweites Buch heißen. Und dann der krönende Abschluss: *Unentbehrlich sein.* Für manche bin ich es bereits. Natürlich nicht wegen meiner Fähigkeiten, sondern wegen des geschönten Bilds ihrer selbst, das ich ihnen spiegele. Oft rufen sie mich an, wenn etwas schiefläuft; sie schütten mir ihr Herz aus, bemitleiden sich selbst, füttern mich mit ihren Zweifeln und Enttäuschungen.

Und wenn ich morgen sterbe, werden sie bedauern, dass sie mir nicht genug gedankt haben.

In meiner Geburtsurkunde steht: Inès Rose Angélique. Aber ich habe mich sehr früh für Mia entschieden. Das klingt jünger, internationaler. Und die Tatsache, dass nicht mal die Menschen, die mir am nächsten stehen, meinen echten Vornamen kennen, hat mir immer ein köstliches Machtgefühl verliehen. Auch wenn es sich bescheuert anhört: Kleine Freuden dieser Art sollte man auskosten.

Warum versuchen wir, durch Ironie oder Intelligenz zu glänzen und gut anzukommen? Warum wollen wir den Männern gefallen, wo es doch ausreicht, begehrt zu werden, begehrenswert zu sein, weil unerreichbar und paradox. Sich schön fühlen, und zwar immer, aber sich benehmen, als wäre man sich dessen nicht bewusst, Grenzen festlegen und sie durch Blicke fein abstufen, geliebt werden wie eine Königin, aber gefickt wie eine Hure. Es geht nur darum, diese Widersprüche zu akzeptieren. Alles, worüber ein Mann sich beklagt, zieht ihn gleichzeitig magisch an.

Wenn ich die Gewissheit hätte, dass der Tod eine lange, traumlose Nacht ist, würde ich Vorbereitungen treffen. Nichts ist köstlicher als ein spontaner Mittagsschlaf oder ein Erwachen in die Stille hinein. Nichts kann mich wirklich treffen, solange ich meine Tage in der Überzeugung in Angriff nehme, dass ich jeden Abend in die Umarmung meiner Daunendecke, in die Stille meines Betts zurückkehren werde. Ich schlafe immer zu Hause. Sogar meine Liebhaber wissen, dass ich grundsätzlich mit einem Taxi nach Hause fahre.

Ich glaubte, mich in einem Albtraum zu befinden. Ich lag ausgestreckt in meinem Wohnzimmer, Marco saß auf mir und versuchte ungeschickt, mich auszuziehen. Ich ließ ihn gewähren. Mein Bruder saß uns gegenüber, im Schaukelstuhl unseres Großvaters mütterlicherseits, und arbeitete an einem Text. Von Zeit zu Zeit hob er den Kopf und sah zu uns herüber, genauer gesagt zu mir, und er musterte mich, als wären wir verabredet, als wartete er darauf, dass ich endlich fertig würde. Ich fühlte mich nicht nur unwohl, nein, ich war regelrecht verzweifelt. Einen Augenblick später befand ich mich in einem Nachtlokal, wo es aber keine Musik gab, Marco bestellte etwas zu trinken, und ich nutzte diesen Moment der Unaufmerksamkeit, um zu verschwinden.

Ich will zurück zu meinem Bruder, laufe, steige in einen Bus, der den Boulevard hinunterrast. Ich möchte aussteigen, aber der Bus hält nicht an. Es ist Nacht, und ich befinde mich an einem Strand. Ein Strand am Rand eines Abgrunds. Weiter hinten ist das Wasser ruhig. Die Klingel. Es ist nur ein Albtraum. Ich schrecke hoch.

Warum rauchen die Leute eigentlich? Wenn rauchen tötet, könnte man Zigaretten doch verbieten. Aber wenn Autos tödlicher sind als Zigaretten, müsste man die dann nicht auch verbieten? Ich habe Maman schon mal rauchen gesehen. Ich habe viele Menschen rauchen gesehen. Jedes Mal habe ich ihnen diese Frage gestellt, aber es ist, als wüssten sie es selbst nicht oder hätten Angst, mir die Wahrheit zu sagen, weil ich dann womöglich Lust aufs Rauchen bekomme. Jedenfalls sagen immer alle, dass ich lieber nicht damit anfangen soll, aber Adrien raucht da draußen jetzt schon die zweite Zigarette. Wenn er rausgegangen ist, um die Polizei zu rufen, hätte eine gereicht, glaube ich.

Die heiße Schokolade war köstlich, aber ich bin froh, dass ich die Bar wieder verlassen kann. Ich fand die Leute ein bisschen primitiv. Manche haben sich Jupiter gegenüber benommen, als hätten sie in ihrem ganzen Leben noch keinen Kater gesehen, und obwohl er geschnurrt hat, schien ihm das Ganze nicht sonderlich zu gefallen. Manchmal habe ich den Eindruck, dass die Erwachsenen mit Tieren so reden wie mit Babys. Das geht mir auf die Nerven. Ich bin noch keinem Baby begegnet, das so intelligent wie eine Katze war.

»Jemand, der dir helfen wird.« Das war alles, was er gesagt hat. Keine weiteren Fragen, keine Croissants mehr, im Augenblick schweigt er. Seit zwölf Minuten sind wir unterwegs, und er sagt überhaupt nichts mehr. Kein Wort. Dreizehn Minuten. Das weiß ich, weil ich beim Gehen auf seine Uhr sehen kann. Mit etwas Übung könnte er Maman wahrscheinlich beim Schweigespiel besiegen. Schließlich habe ich verloren, und insgeheim triumphiert er. Er sieht aus wie ein trauriger König, ich hätte ihm meinen kleinen Schneemann zeigen sollen.

Die Straße macht Jupiter Angst. Ich spüre, wie er unter meinem Trikot vorsichtig die Krallen ausfährt, um sich an mir festzuhalten.

Von Anfang an habe ich gemerkt, dass er Adrien nicht über den Weg traut. Stimmt, wir wissen immer noch nicht, warum er auf dieser Bank geschlafen hat, obwohl er dort nicht wohnt … aber jeder hat seine Geheimnisse; und selbst wenn es eine Falle ist und »jemand« mir doch nicht hilft, können wir uns immer noch ein Täuschungsmanöver ausdenken und den Kopf aus der Schlinge ziehen.

Es ist schon Tag, aber die Straßenlaternen sind noch immer an. Der Schnee beginnt zu schmelzen, und ich kann meine Spuren nicht mehr sehen. Die Uhr zeigt 7:52 Uhr an, in vier Minuten müssten wir eigentlich ankommen. Ehrlich gesagt fürchte ich mich auf der Straße auch ein bisschen, und obwohl ich mir nicht ganz sicher bin, ob wir auf dem richtigen Weg sind, habe ich es ziemlich eilig, endlich anzukommen.

So ein Gebäude habe ich noch nie gesehen. Es ist schmutzig weiß und mindestens so groß wie der Daily-Planet-Wolkenkratzer in den alten Comics. Daneben wirkt die Bibliothek winzig, wie ein Playmobil-Haus. Ich frage mich, ob die Aufzüge in so einem Viertel auch mal eine Panne haben. Es gibt ein Haustelefon wie in unserem alten Zuhause, und Adrien hat so lange geklingelt, dass er schließlich noch eine Zigarette rauchen musste. Jetzt telefoniert er, klingelt gleichzeitig weiter und …

»Du bist tot.«

Ich glaube, es war eine Dame, die das gesagt hat. Dann hat es gepiept, und die Tür ging auf.

Der Fahrstuhl ist so geräumig, dass man fast Lust bekommt, damit stecken zu bleiben. Adrien sieht nicht aus, als hätte er Angst vorm Sterben. Ich glaube eher, dass er mich am liebsten schelten würde, aber er reißt sich zusammen. Ich möchte nicht im dreizehnten Stock wohnen. Erstens bringt das Unglück, und zweitens würde mir so weit oben bestimmt schwindelig. Die Türen öffnen sich sehr langsam.

Die Dame ist blond und ziemlich nervös. Ihre Haare sind lockig, sie fallen auf ihren Bademantel, der ihr zu groß ist. Sie ist so alt wie Adrien oder vielleicht ein bisschen älter. Ihre Fingernägel sind bunt wie bei reichen Frauen, und sie betrachtet mich mit einem Blick, als hätte sie keine große Lust, mir zu helfen. Da, wo ich stehe, kann ich nicht hören, was sie sagen. Sie unterhalten sich vor der Wohnungstür, und ich muss beim Fahrstuhl warten. Warten mochte ich noch nie besonders gern.

»Wenn du ihn nicht nach Hause bringst, benachrichtigst du eben den Sozialen Dienst«, hat Adrien zum Schluss gesagt, mehr habe ich nicht mitbekommen.

»Also, Kleiner, das ist Mia. Sie ist meine Schwester. Wenn du willst, dass sie dir hilft, musst du ihr die Wahrheit sagen, verstanden?«

Ich verstand.

»Ich gehe jetzt. Wenn du mir sagst, wo du wohnst, kann ich dich noch nach Hause bringen, aber danach ist es zu spät, verstanden?«

Ich verstand.

»Was ist das, ein Sozialer Dienst?«

Adrien ist weg. Ohne mir zu antworten, ohne sich zu verabschieden; er hat nur kurz Luft geholt und ist gleich wieder verschwunden. Bestimmt, um sich auszuruhen oder um das in Ordnung zu bringen, weshalb er auf der Bank schlafen musste. Mia hat Jupiter entdeckt und mich nach seinem Namen gefragt. Sie kommt näher. Sie riecht nach frischer Wäsche. Wie Eliane. Eliane Bosq, eine Freundin von früher, die ich jeden Tag um ein Uhr auf der Mädchentoilette küssen musste. Ich bin nie zu spät gekommen, aber am vierten Tag hat sie mir gestanden, dass sie mich ein bisschen zu klein findet, und sie hat mich für Adrien Zimmerman verlassen. Ich fand sie zwar nicht besonders hübsch, aber sie roch nach sauberer Bettwäsche. Wie Mia.

»Was ist das, ein sozialer Dienst?«

»Jupiter hat bestimmt Hunger, was meinst du? Na komm, setz dich, genieß den Ausblick, ich mache ihm einen Teller fertig, und dann reden wir über alles.«

Es ist merkwürdig, dass sie in diesem riesigen Turm so eine kleine Wohnung hat. Es gibt ein Bett,

Bücher, einen Computer und jede Menge kleine Gegenstände, bei denen man nicht erkennen kann, wozu sie gut sind. Aus dem Fenster sieht man die Welt, wie ich sie noch nie gesehen habe. Auf der linken Seite liegt die Stadt, unendlich groß, man sucht vergeblich nach dem Punkt, an dem sie zu Ende ist, denn den gibt es nicht, nur noch mehr Türme ganz hinten, von wo aus uns Leute beobachten und dasselbe denken wie wir. Rechts sind die Autostraßen und zwei große Gebäude mit riesigen Schornsteinen. Ich frage mich, ob hier die Wolken gemacht werden. Ich traue mich nicht, nach unten zu sehen. Da laufen bestimmt Menschen herum, die von hier oben wie Ameisen aussehen.

An der Tür ihres Badezimmers hängt innen ein Filmplakat, *American Beauty*. Darauf ist eine Blume zu sehen, obwohl es bei ihr in der Wohnung sonst keine gibt.

Sie liest die Biografie einer Frau mit einem Lesezeichen aus Holz darin. In ihrem Regal steht auch etwas von Roald Dahl, von Salinger und Marguerite Duras, und sie hat eine Menge von diesen Krimis, die ein Foto auf dem Cover haben. Ich habe noch keinen davon gelesen. Madame Goulde sagt, die sind für Leute, die Sherlock Holmes und Hercule Poirot nicht kennen. Bei dieser Sichtweise würde ich gar nicht mehr lesen, glaube ich. Vielleicht lebe ich an dem Tag, an dem ich zu lesen aufhöre, ja im dreizehnten Stock ... Jupiter isst seinen Schinken mit großem Appetit. Ein bisschen abseits hat Mia ihm sogar einen Karton hingestellt, in dem er sein Geschäft machen kann. Ich hatte ihr gesagt, dass ich keinen Hunger habe, aber ich habe sie um ein Glas Wasser gebeten, damit ich weiterhin rausgucken kann.

»Und was sieht man bei dir zu Hause, wenn man aus dem Fenster guckt?«, fragt sie.

»Nicht viel ... die Straße.«

»Weißt du, wie diese Straße hier heißt?«

»Ich nenne sie die Straße der Tauben. Hat sie Ihnen gefallen? Die Duras, meine ich?«

»Sehr. Hast du schon mal was von ihr gelesen?«

»Zwei Bücher am letzten Freitag. Nicht gestern, am Freitag davor.«

»Und mochtest du sie?«

»War nicht übel. Wie Reisetagebücher mit einer Geschichte mittendrin.«

»Weißt du, dass sie gar nicht gern gereist ist?«

»Nein, das wusste ich nicht ... Aber man muss auch nicht reisen, man kann sich Orte ausdenken. Vielleicht sind die schönsten sogar die, die man nie besuchen wird.«

»Zweifellos ... Und Roald Dahl, hast du den gelesen?«

»Noch nicht, aber er ist mir empfohlen worden.

Ich habe sogar einen in meiner Tasche dabei. Was ist der Soziale Dienst?«

»Das erkläre ich dir noch. Aber erst musst du mir sagen, woher du kommst.«

»Von meiner Mutter. Können Sie es mir jetzt erklären?«

»Okay«, sagt sie und seufzt. »Unter einem Tierschutzverein kannst du dir etwas vorstellen, oder? Das Gleiche gibt es auch für Kinder. Das sind Leute, die man anruft, damit sie kommen und misshandelte Kinder abholen oder solche, die sich verlaufen haben. Wurdest du misshandelt?«

»Überhaupt nicht!«

»Hast du dich verlaufen?«

»Unsinn! Sehen Sie mal, ich habe sogar einen Kompass!«

»Trotzdem, wenn du mir nicht erlaubst, dich nach Hause zu bringen, werde ich sie anrufen müssen.«

»Nein.«

»Wie bitte?«

»Erstens werden Sie diese Leute nicht anrufen, und zweitens lassen Sie mich gehen, und ich werde Ihnen auch sagen, warum.«

Das bringt sie zum Lachen. Maman sagt, wenn man eine Frau zum Lachen bringt, hat man sie schon halb erobert. Ich bin mir nicht sicher, wie sie das gemeint hat, aber ich glaube, es ist ein gutes Zeichen.

»Nenn mir einen guten Grund, warum ich dich gehen lassen sollte.«

»Ich habe drei.«

»Einer reicht.«

»Also, erstens habe ich Adrien geholfen und nicht umgekehrt. Er hat auf einer Bank geschlafen, Ihr Bruder. Ihm war kalt, also bin ich stehen geblieben und habe ihn zugedeckt, er ist aufgewacht, hat mir zum Dank eine heiße Schokolade ausgegeben und gesagt, Sie würden mir helfen. Es ist unfair, wenn Sie mich in das Tierheim für Kinder stecken. An Ihrer Stelle würde ich mir eher Sorgen um meinen Bruder machen, der auf einer Bank schläft, als um ein Kind und einen Kater, die ich zum ersten Mal im Leben gesehen habe.«

»Du bist nicht an meiner Stelle, und das Leben ist nicht fair. Merk dir das gut, es wird dir in Zukunft eine Menge Kummer ersparen.«

»Und die Bibel, haben Sie die gelesen?«

»Ich kenne die wichtigsten Stellen. Willst du wissen, was ich davon halte?«

»Sagen Sie es mir.«

»Ich glaube, der Typ, der die Bibel geschrieben hat, war ein Einzelkind, das Lust hatte, seinen verantwortungslosen Vater auszuschimpfen. Darum diese Geschichte von der jungfräulichen Geburt und der unbefleckten Empfängnis. Gott ist die ursprüngliche Verkörperung des abwesenden Vaters, und ich frage mich, warum ich den Behauptungen eines schlecht gelaunten Ödipus Glauben schenken sollte.«

»Und was ist das, ein schlecht gelaunter Ödipus?«

»Später. Der zweite Grund?«

Ich habe gelogen. Ich habe gesagt, ich hätte drei Gründe, weil das gut klingt, aber ich dachte, ein einziger würde genügen. Obwohl ... Wenn ich noch schnell zwei Gründe finde, habe ich doch nicht gelogen ...

Also gut. Da ich keinen weiteren Grund habe, treffe ich eine Entscheidung. Zum ersten Mal in meinem Leben werde ich versuchen, absichtlich zu lügen.

»Die Wahrheit ist, als ich Ihrem Bruder begegnet bin, kam ich gerade von zu Hause. Ich wollte zu meiner Tante, ihr den Kater zurückbringen. Sie kommt heute nach Hause und ist sehr müde. Meine Mutter konnte nicht hingehen, weil sie arbeitet und weil mein Vater Alkoholiker ist. Sie hat mir den Weg auf einen Zettel gezeichnet, den ich in mein Portemonnaie gesteckt habe. Aber das ist in der Jacke, mit der ich Adrien zudecken wollte, und die habe ich auf der Bank vergessen. Ich erinnere mich noch an den Weg zu meiner Tante, aber jetzt fehlt mir das Geld für die Busfahrkarte ... Ach, wissen Sie was? Behalten Sie es. Maman sagt, man darf nur schwarzfahren, wenn es nicht anders geht. Aber wenn Sie mich nicht gehen lassen, wird meine Tante sich Sorgen machen. Sie ist müde, sie kommt aus dem Krankenhaus, und sie liebt ihren Kater sehr. Und ohne Ihren Bruder hätte ich mein Portemonnaie gar nicht verloren, also ...«

»Das glaube ich dir nicht. Dritter Grund.«

»Wieso glauben Sie mir nicht?«

»Nur ein sehr dummes Kind würde tun, was du gerade beschrieben hast, und dass du nicht dumm bist, weiß ich mit absoluter Sicherheit. Also, letzte Chance. Ich höre.«

Sie lächelt immer noch, sieht aber nicht überzeugt aus. Ich muss Zeit gewinnen, die Wärter ablenken, bis sich eine Gelegenheit zur Flucht ergibt.

»Wozu ist das da gut?«

»Zu gar nichts. Man kann Musik damit machen, aber es ist kaputt. Nur noch Deko.«

»Und dieses hier?«

»Das ist eine kleine Dose in Form einer Erdkugel, und das da vorn ist eine Buddha-Statue, und das andere ist eine Laterne aus Marokko. Hast du noch mehr Fragen?«

»Vielleicht ... Wissen Sie, was die Buddhisten über Verletzungen sagen?«

»Ist das dein dritter Grund?«

»Also, sie sagen: Die leichteste Verletzung ist die körperliche. Man behandelt sie, und sie verschwindet. Die Verletzung des Herzens ist schlimmer. Es kann lange dauern, bis sie vernarbt, und dann bricht sie doch wieder auf und verfolgt einen förmlich. Aber die schlimmste von allen ist die Verletzung eines Traums. Die, die nicht behandelt wird. Kennen Sie das? Sehen Sie, und ich *habe* einen Traum. Ich will Jupiter helfen, nach Hause zurückzukehren. Vielleicht gelingt es mir nicht, aber ich kann es wenigstens versuchen. Ich *will* es versuchen. Wenn ich es nicht schaffe, gehen wir zurück in die Bibliothek, aber erst einmal versuche ich es. Und wenn Sie mich nach Hause bringen, weil ich Ihrem Bruder geholfen habe, als er Hilfe brauchte, oder schlimmer noch, wenn Sie mich ohne meinen Kater im Tierheim für Kinder einsperren lassen, bevor ich es überhaupt versucht habe ... das ist wirklich gemein. Es ist nicht nur gemein, sondern grausam. Und es ist nicht nur grausam, sondern Sie stehlen mir meinen Traum. Und jemandem seinen Traum zu stehlen, das ist, als würde man einem Engel die Flügel abschneiden.

Denn dass ich ein Kind bin und Sie nicht, gibt Ihnen nicht das Recht, mir meinen Traum zu stehlen!

Und wenn ich nicht dumm bin, dann sind Sie und Ihr Bruder vielleicht dumm, warum machen Sie sich sonst solche Sorgen!«

An dieser Stelle habe ich aufgehört, weil sie nicht mehr gelacht hat. Ich hatte Angst, dass sie mich ausschimpft. Aber sie hat nichts gesagt. Sie hat einen Schluck Kaffee getrunken, und dann hat sie wieder gelächelt, aber anders, und ich konnte nicht erkennen, ob sie spöttisch oder erobert aussah.

In der Küche schläft Jupiter in seinem Karton. Als Mia aufsteht und unsere Gläser wegbringt, höre ich, wie er langsam aufwacht. Ich habe Angst, dass sie uns voneinander trennen will. Sie kommt mit Jupiter und einer neuen Packung Schinken zurück.

»Hier, falls er Hunger bekommt.«

»Danke.«

»Ich gehe jetzt duschen. Du kannst solange lesen, wenn du willst.«

Das kommt mir fast zu einfach vor. Ich habe vorhin nicht gesehen, dass sie die Tür abgeschlossen hat, und als ich zur Toilette gegangen bin, war sie in der Küche. Vielleicht steht am Ausgang eine Falle, und das hier ist ein Test, den ich bestehe, indem ich warte ... Nein ... Die Tür zur Dusche ist zwar nur angelehnt, aber ich muss beim Rausgehen nicht daran vorbei. Ich wäre dumm, wenn ich es nicht versuchen würde.

Es ist offen! Ich lasse den Schinken in unsere Tasche fallen und rolle sie vorsichtig in meinen Anorak ein. Jupiter wartet bereits auf dem Treppenabsatz. Auch ich will so schnell wie möglich in den großen Fahrstuhl steigen.

Einen Fuß auf die Matte. In der Dusche läuft das Wasser nicht mehr, aber Mia kommt nicht heraus. Um keinen Lärm zu machen, lasse ich die Tür offen.

Ich erinnere mich, wie ich zur Welt kam. Blendendes Licht, eine andere Art von Stille und der Atem eines Mannes, die Tränen einer Frau; ich erinnere mich, wie ich lebte, als Kind, bei meinem Onkel und meiner Tante, an ihre große Wohnung, den Garten der Camus, in dem ich ganze Tage lang mit meinem Cousin Tom spielte, die wunderbare Sonne, die Schaukel aus Holz; ich erinnere mich, wie ich weiterlebte als Teenager, zu einer Zeit, als dieses Wort gerade erst aufgekommen war, an den Weg zur Mittelschule mit meinem Freund Youssef, der von einer Krankheit befallen schien, die ihn offenbar zwang, alle zwei Meter auf den Boden zu spucken, an den kleinen Basketballkorb unter dem Dach des Schulhofs erinnere ich mich, an die Bio- und Erdkundelehrerin und ihre etwas zu kurzen Röcke; ich erinnere mich, dass ich achtzehn war, Mädchen, Bier, Fußball, ich hatte einen starken linken Fuß und den

Führerschein; ich erinnere mich, dass ich neunzehn war und an den 17. Oktober, an dem ich Laure auf dem Autobahnrastplatz auf dem Weg in den Urlaub kennenlernte; ich erinnere mich, wie ich für diese Versicherungsgesellschaft gearbeitet habe, Kaffee und Kippen, an dieses Leben, das aus Wochen bestand, in denen ich auf den Freitag wartete, ich erinnere mich an meine Ehe, unsere Klamotten, unsere Schulden; ich erinnere mich an Laure auf der Entbindungsstation, an ihre Schreie, unsere Tränen, an das Warten, an den Herbst, ich erinnere mich an meine Tochter und daran, wie ich sie verloren habe; ich erinnere mich an dieses Leben wie an einen Traum.

An einem Tag Ende September bin ich aufgewacht. Die Richterin hat mein Leben vorgelesen und dann ihr Urteil gefällt. Es ist verrückt, dass ein einziger Satz ein ganzes Leben enthalten kann, in wenigen aneinandergereihten Ereignissen. Eine Zeit lang redet man sich ein, man sei viel mehr als das, aber tatsächlich ist es alles, was bleibt – bestenfalls. Ein paar Ereignisse … Ein Fehler, ein Erfolg, eine neue Arbeitsstelle, eine Scheidung. Ich sage nicht, dass das traurig ist, nur ein bisschen verrückt, denn während die Richterin mein Leben vorlas, überkam mich das Verlangen, ihr zu sagen, dass ich mehr war als das, aber ich hätte nicht gewusst, was ich sagen sollte; als gäbe es tatsächlich nichts anderes; als wäre es letztlich gar nicht so übel, eine Scheidung zu sein, ein gesperrtes Bankkonto oder eine Geschwindigkeitsübertretung.

Betteln ist keine Stellung in der Gesellschaft, sondern ein Meilenstein. Der Augenblick, in dem das Undenkbare Wirklichkeit wird. Und dann gibt es noch diesen anderen Augenblick. Na ja, vielleicht ist es mehr als ein Augenblick … Eher ein Zeitraum ohne Inhalt oder Kontur, so wie das unmöglich erscheinende Ende einer Reise, deren Beginn man vergessen hat. Ich rede von dem Tag, an dem mir klar wurde, dass ich keine Hoffnung mehr hatte. Oder dass ich nichts mehr bereute. Vielleicht sind Reue und Hoffnung ja am Ende dasselbe. Oder die beiden Hälften eines Kreises wie Liebe und Hass. Ach, weiß der Kuckuck.

Früher bin ich immer zeitig schlafen gegangen. Heute sind meine Nächte ein Kampf, und tagsüber halte ich Siesta. Mein Leben findet in einem Satz und einem großen Rucksack Platz, auf dem ich mich zu komatösem Schlaf bette, damit ihn mir niemand wegnehmen kann. Ich hatte mal einen Hund, das hat mir das Schlafen erleichtert, aber dann konnte ich ihn mir nicht mehr leisten. Wenn die Leute für ihresgleichen nur ein Drittel der Liebe aufbringen würden, die sie für Katzen und Hunde empfinden, wäre der sozialmedizinische Notrufdienst für Obdachlose überflüssig. Dann ist er verschwunden, mein Hund. Bis heute habe ich die Kollegen von der Kreuzung in Verdacht, an der ich damals malocht habe, aber wer einem Clochard vorwirft, dass er einen Hund klaut, kann genauso gut dem Roten Kreuz vorwerfen, Kleidung zu stehlen.

Es war einer dieser Tage, an denen es regnet und zugleich die Sonne scheint. Ein schlechtes Zeichen. In der linken Hand den Regenschirm, in der rechten das Handy – wenn es regnet, gibt einem niemand etwas. Und wenn die Sonne scheint, kommt noch weniger. Im Sommer ist es besonders heikel, weil sie offenbar glauben, dass es uns so schlecht gar nicht gehen kann. Aznavour, dieses Arschloch. Läge ich im Teak-Liegestuhl in der Sonne, ginge mir das Elend auch am Arsch vorbei. Auf dem Weg zum Park bin ich dem Elsässer begegnet. Er hatte ein paar Kippen aufgesammelt, die haben wir zerlegt und daraus neue gedreht. Hätte mir jedes Mal, wenn ich ein Sudoku-Gitter gelöst habe, jemand einen Euro gegeben, besäße ich jetzt ein Einfamilienhaus mit Meeresblick. Okay, das Haus vielleicht nicht, aber den Blick aufs Meer mit Sicherheit.

»Guten Tag, aufgrund eines erhöhten Anrufaufkommens sind unsere Leitungen zurzeit alle belegt. Um unnötige Wartezeiten zu vermeiden, bitten wir Sie, später noch einmal anzurufen.«

Die Freuden der 115, des Notrufs für Obdachlose. Bis zu einer Stunde Wartezeit, damit sie einem sagen, dass man um neunzehn Uhr noch einmal anrufen soll. Um neunzehn Uhr noch mal eine Stunde warten und dann hören, dass keine Schlafplätze mehr frei sind. Der Elsässer ruft jeden Morgen dort an, so, wie andere Lotto spielen. Ich bin zu alt zum Spielen. Ich habe meinen Schlafsack dabei. Und ein warmer Luftschacht oder ein kleines Feuerchen aus Reisig bringt mir mehr als die alten, energiesparenden Heizkörper im Heim.

Ende der Woche, Monatsbeginn, keine Geheimnisse. Dreizehn Euro in zwei Stunden. Ein Teenie wollte mir sogar einen Joint geben. Von dem Scheiß wird mir zwar schlecht, aber ich habe ihn trotzdem genommen. Damit spare ich mir einige Bierchen, ungefähr zwei Euro. Ich rede nicht mit den Leuten, die an mir vorbeigehen. Vielleicht ein Gruß, wenn mir jemand ins Gesicht blickt, ansonsten sehe ich ihnen beim Leben zu. Manche wechseln die Straßenseite, manche geben mir was, weil sie mich bereits gesehen haben, andere wiederum steigen über mich hinweg wie über ein Stück Scheiße oder eine Bodenschwelle für Fußgänger, manche lächeln, andere entschuldigen sich, ohne genau zu wissen, wofür, manche schenken mir Kippen oder ein Frühstücksbrot vom Vortag, wieder andere reden mit ihrem Kumpel oder dem Handy, alle strömen sie an mir vorbei, so, wie die Zeit vergeht oder nach dem Regen die Sonne wieder scheint.

Ich bin auf dem Bahnsteig in der Metro eingeschlafen. Es muss Nacht sein, da, wo die Passagiere aus den halb leeren Zügen kommen. Ich suche mir Stationen aus, an denen niemand aussteigt. Damit riskiere ich zwar, beim Aufwachen keinen Cent zu sehen, aber das ist eben der Preis für die Ruhe. Ehe ich wieder in die Dunkelheit abtauche, muss ich noch einen Umweg machen. Ich kenne eine Station, in der jeden Freitag ein Schwarzer mit einem Kontrabass singt. Vielleicht ist es auch ein Cello. Jedenfalls singt er gut.

Das mit der Musik ist irgendwie verrückt. Wie diese Stäbchen und Punkte Tönen entsprechen, die zusammengefügt Erinnerungen oder Gefühle ergeben. Wenn ich an die vielen Antworten denke, die ich nicht habe, glaube ich, dass dies meine Lieblingsfrage ist. Wie funktioniert das? Wie können wenige Noten manchmal Dinge genauer beschreiben, als man es mit stundenlangen Erklärungen könnte?

Der Schwarze ist fertig. Ich applaudiere. Wie üblich war er sehr gut. Manchmal gibt er mir eine Münze. An guten Tagen revanchiere ich mich.

Wenn die Metro zumacht, ist es schon eins und ziemlich kalt. Ich gehe zu einem Kiosk und kaufe mir ein paar Bier. Ich glaube nicht, dass ich Alkoholiker bin, ich würde eher sagen, ich trinke aus Gewohnheit. Eine Gewohnheit ist etwas, das man oft tut; ein Alkoholiker ist dagegen einer wie Gérard, der ohne seinen Flachmann mit weißem Rum nicht einschlafen kann, oder wie Nasser, der dermaßen nach Wodka und Kotze gestunken hat, dass es drei Tage dauerte, bis sich endlich jemand bequemt hat, zur Kenntnis zu nehmen, dass er nicht schlief. Ich habe übrigens Lust auf *gutes* Bier, nicht auf dieses miese Zeug, das man sich am frühen Morgen teilt. Leffe oder Grimbergen wie damals, als ich noch die Wahl hatte.

Um nicht zu frieren, laufe ich nachts oft herum. Bis zum Stadtrand, wo keine Jugendlichen am Fluss sitzen und trinken, wo es Uferdämme gibt und Bänke, Brücken, unter denen ich mich einrichte, wenn dort kein anderer vor sich hin döst, für ein paar Stunden oder manchmal auch für einige Tage, wenn die Einnahmen gut waren. Ich bin müde. Es wird hell.

In der Nacht habe ich geträumt. Ein kurzer, seltsamer Traum. Ich bin in einem leer stehenden Krankenhaus herumgelaufen und konnte den Ausgang nicht finden. Ich hätte dort schlafen können, aber ich wollte weg. Es ist mir nicht gelungen. Schließlich habe ich mich todmüde vor eine geschlossene Tür gesetzt; und dass ich nicht weitergeträumt habe, liegt daran, dass ein bisschen Schnee auf meinen Schlafsack gefallen und geschmolzen ist.

Jupiter hat unten an der Treppe auf mich gewartet. Ich wollte ihm folgen, aber er ist so schnell runtergerannt, dass ich in der siebten Etage stehen bleiben und den Fahrstuhl nehmen musste.

Außerdem habe ich meinen Kompass bei Mia vergessen. Ich hatte ihn rausgeholt, keine Ahnung warum, und dann habe ich ihn oben liegen lassen. Egal. Ich bin mir sicher, dass er sich gut mit den anderen seltsamen Gegenständen da oben verstehen wird. Und ich glaube, in Ägypten gibt es sowieso keinen Wald.

Draußen sind Leute. Ein paar mehr als vorhin. Als würden sie aufleben, nachdem die Straßenbeleuchtung ausgegangen ist. Auf dem Boden sind Pfützen aus geschmolzenem Schnee, wie Schneematsch, der keine Flecken bildet, könnte man sagen.

Ich bin gerannt wie in meinem ganzen Leben noch nicht. Auf dem Fluss schipperte ein großes Schiff ohne Passagiere. Ich habe auch vorher schon Schiffe gesehen, aber nicht solche. Entweder lagen sie am Kai, oder sie waren voller Leute, die von Weitem grüßten. Wir haben beobachtet, wie das leere Schiff wegfuhr, Jupiter und ich, wir haben gesehen, wie es verschwand, während wir uns eine Scheibe Schinken teilten.

Hinter uns tauchte ein Motorrad auf, es hupte und gab ein metallisches Geräusch von sich, und der Kater ist mir aus den Armen gerutscht, ehe ich ihn festhalten konnte. Ich hätte nicht gedacht, dass eine Katze so schnell sein kann. Ich bin gerannt, habe sogar meine Tasche losgelassen, aber es war nichts zu machen. Ich hatte solche Angst, dass er abhaut, genauso viel Angst wie vor einem Vulkanausbruch. Ich hätte nicht gedacht, dass mir das wirklich passiert.

Lieber Gott. Ich habe mich dir noch nie richtig vorgestellt, aber ich habe schon viel von dir gehört. Du bist bestimmt sehr beschäftigt, aber falls du mich hörst, kannst du bitte dafür sorgen, dass Jupiter zurückkommt? Ich mochte die Bibel ziemlich gern, er hat sie auch gelesen, und ich muss diesen Kater unbedingt wiederfinden, falls du mich also hörst, wäre es wirklich sehr nett … Hörst du mich? Ich bin ihm hinterhergelaufen, habe dann aber seine Spur verloren ... Wenn du ihn mir zurückbringen oder vielleicht mit dem Gott der Katzen reden könntest, das wäre echt ... das wäre cool. Hörst du mich?!

»Kann man hier denn nicht in Ruhe schlafen?«

»Gott?!«

»Nein, ich bin Fabrice. Guck nach unten. Ist das da nicht deine Katze?«

»Jupiter!«

Ich muss nicht beten, er ist gar nicht weg. Beinahe hätte ich vor Angst geweint, dabei wartet er auf mich, gleich da vorn unter der Brücke! Ich würde mich gern mit etwas Schinken bei Fabrice bedanken, aber ich traue mich nicht, weil ich mir nicht sicher bin, ob das höflich wäre. Ich glaube, er lebt draußen. Er hat zwar keinen Hund, dafür aber lange graue, ziemlich schmutzige Haare und einen großen Rucksack, und er sitzt unter dieser Brücke, als ob sie ihm gehörte.

»Wo willst du denn hin mit deiner Katze unter diesem Pulli, der doppelt so alt ist wie du?«

»Das ist kein Pulli, das ist ein Trikot ... Ein Fußballtrikot. Von Manchester. Aber United, klar? Nicht City ... Ich wollte Ihnen Schinken geben, aber ich habe gerade gemerkt, dass ich meine Tasche verloren habe ... Na ja, dank Ihnen habe ich jedenfalls meinen Kater wiedergefunden, darum ...«

» Darum *was?* Danke? Ich mag keine Katzen, die denken nämlich nur an sich.«

» Also, ich glaube, dass Katzen an viele verschiedene Dinge denken. Mein Kater tut das jedenfalls.«

» Mag sein, aber sie sind schwer zu durchschauen. Bei Menschen ist das schon kompliziert genug, und ich habe keine Zeit, mich auch noch um Katzen zu kümmern. Willst du ein Stück von meinem Sandwich?«

» Nein danke.«

» Zigarette?«

» Nein danke.«

» Ich hätte dir sowieso keine gegeben. Wo willst du denn hin, Kleiner?«

» Weiß ich noch nicht genau.«

» Und was sagen deine Eltern dazu?«

» Was sagen denn Ihre Eltern?«

» Haha! Ich weiß, was du vorhast, du kleiner Schlaumeier. Ich habe keine Eltern, nur Namen auf einem Stück Papier, aber selbst wenn ich welche hätte – kein Typ, der auf der Straße lebt, wird dir erzählen, dass seine Mutter oder sein Vater schuld daran ist. So ist das Leben, niemand ist schuld, höchstens du selbst oder irgendein anderer, aber nicht deine Eltern. Niemand wird auf der Straße geboren, man landet hier aus Mangel an Alternativen.«

» Jupiter und ich, wir sind auf Reisen.«

»Klar, und ich hab ein Sabbatjahr eingelegt. Pass auf, nimm's mir nicht übel, aber ich muss mich allmählich wieder an die Arbeit machen.«

Ich weiß nicht, was ein Sabbatjahr ist, aber als er anfing, seine Sachen einzupacken, hatte alles seinen Platz, jeder Knick war genau durchdacht, damit alles in seinen großen Rucksack passt. Wie wenn Maman meinen Koffer packt. Ich mag Fabrice. Er denkt nicht so lange nach wie die anderen Erwachsenen, bevor er etwas sagt.

»Arbeiten … auf der Straße? Ich bräuchte nämlich gerade ein bisschen Geld, und vielleicht könnten Sie mir ja beibringen …«

»Kleiner, lass mich jetzt mal in Ruhe.«

»Ich könnte Ihnen einfach dabei zusehen! Ich mache keinen Lärm, versprochen! Und ich verstehe Katzen besser als Menschen, darum könnte ich Ihnen im Gegenzug beibringen, wie man Katzen mag. So eine Katze ist schön weich, und das mit der Straße kann ich lernen. Haben Sie selbst gesagt.«

»Okay, ich zeige es dir, aber dann verschwindest du wieder, klar? Du gehst dahin zurück, wo du hergekommen bist. Mir ist egal, ob deine Katze weich ist, aber nützen wird sie uns auf jeden Fall. Behalte sie unter dem Trikot, und hier, trag mal eine meiner Taschen, jetzt, wo du deine nicht mehr hast.«

»Wohnen Sie hier?«

»Hier und da und überall. Ich wohne in meinem Körper, das ist immerhin etwas.«

Als wir am Fluss entlanggelaufen sind, haben wir das leere Schiff noch einmal gesehen. Es hatte angehalten, und Leute stiegen aus. Ich hatte Jupiter auf dem Arm, und eine Dame hat uns zwei Euro gegeben, ohne dass Fabrice sie darum gebeten hatte. Er sagt, das liegt an dem Kater, aber ich glaube, er benutzt einen Trick oder macht eine bestimmte Handbewegung.

Ich möchte endlich reisen können. Geld macht nicht glücklich, aber man kann eine Menge damit machen. Ich könnte mich beim Fußball anmelden, Menschen oder Tiere füttern, ins Kino gehen, alles Mögliche ...

»Hör mir gut zu, Kleiner, denn ich sage es dir nicht noch einmal. Beim Betteln muss man die Leute ansehen. Bitte nur jemanden um etwas, dem du in die Augen geblickt hast. Wenn du schreist, gehen sie dir aus dem Weg, aber wenn du flüsterst, spitzen sie die Ohren, also sprich gerade laut genug, um gehört zu werden, nicht lauter. Meide Regen, meide den Sommer und alle Orte, wo Clochards in Gruppen zu finden sind. Meide das Monatsende und Montage, und wenn dir zufällig einer eine große Münze gibt, steck sie sofort ein, sonst stiehlt dir jemand deinen Becher, hast du verstanden?«

»Ich glaube schon ... Kann ich Ihnen mal zusehen?«

»Kannst du. Ich setze mich einfach hin. Ich sitze und sehe die Leute an. Aber guck ruhig zu.«

Eine Weile sind wir noch weitergegangen. Immer am Fluss entlang. Ich dachte schon, wenn wir in dem Tempo weitermachen, kommen wir vielleicht irgendwann an sein Ende, aber schließlich sind wir auf eine breite, laute Straße abgebogen, auf der Erwachsene zwischen den Geschäften standen und lächelten. Fabrice hat sich mitten auf den Gehweg gepflanzt. Seine Augen sind weit offen, aber er scheint etwas anderes zu sehen als ich. Manches Mal streift ihn ein Sonnenstrahl, und er schließt die Augen und hebt lächelnd den Kopf, als sähe er hinter geschlossenen Lidern, wie die Wolken aufreißen.

»Was siehst du, Kleiner?«

»Zwischen den Wolken?«

»Nein, auf dieser Straße! Was siehst du da?«

»Menschen, Taschen, Geschäfte, Autos ...«

»Vergiss die Autos. Die Leute, die du dort siehst, sind hergekommen, um ihr Geld für überflüssige Dinge auszugeben. Weißt du, was das heißt?«

»Das heißt, dass sie Sachen kaufen, die sie eigentlich nicht brauchen?«

»Genau. Sie haben keine Eile und keine Not, sie konsumieren, die meisten sind glücklich, und sie werden dich sehen, jedenfalls die, die nicht nur auf ihr Handy oder ihr Spiegelbild im Schaufenster starren, sie werden dich dort hocken sehen, wo sie die Füße hinsetzen, da, wo sie ihre Kippen hinwerfen, wo sie ausspucken, da, wo sie hinpissen oder einfach vorbeigehen, genau da sitzt du rum, und manche, vielleicht einer von zehn, manchmal nur einer von hundert, sagt sich, dass der Euro, den ihm der Kassierer oder der Parkscheinautomat zurückgegeben hat, genauso gut in deinem Plastikbecher wie in seinen vollgestopften Taschen landen kann. Du kannst betteln, du kannst auch einfach warten, aber mach das nur auf Straßen wie dieser hier. Auf einem Bahnhof oder in der Metro hältst du es keine zehn Minuten aus, und vor einer Kirche würdest du nur die Betschwestern beunruhigen.«

Ich wünschte, ich hätte mein Heft noch gehabt, dann hätte ich mir Notizen machen können. Um es nicht zu vergessen, sagte ich mir noch einmal vor, was er gerade gesagt hatte, und eine Dame, eine von denen, die uns ansehen, aber kein Geld geben, hat etwas zu ihm gesagt, was ich irgendwie nicht kapiere:

»Schämen Sie sich nicht, Ihren Sohn auf diese Weise zu benutzen?«

Sie hat es im Vorbeigehen gesagt, ohne stehen zu bleiben, ohne den Schritt zu verlangsamen, und ich habe mich gefragt, ob sie Fabrice kennt, weil es klang, als wollte sie ihm etwas Böses, als fände sie es widerlich, zu sehen, wie er jemanden ansprach. In diesem Moment habe ich mir gewünscht, Fabrice wäre mein Vater. Er hat gelacht, weil ein Herr, der die Szene beobachtet hatte, uns ein paar Zigaretten gegeben hat, und obwohl ich das überhaupt nicht lustig fand, war ich erleichtert, dass es ihr nicht gelungen war, ihn zu kränken. Später hat ein Kind mir sein Pain au Chocolat geschenkt. Ich habe gesehen, dass seine Mutter grausamerweise darauf bestanden hat. Niemals hätte Maman das mit mir gemacht. Beinahe hätte ich ihm gesagt, dass er es behalten soll, aber Fabrice hat es an meiner Stelle angenommen.

Der Vorteil dieser Arbeit ist, dass ich gleichzeitig lesen könnte. Ich glaube, wenn es Nacht wird und keine Motorräder mehr herumfahren und Jupiter erschrecken, werde ich mich auf die Suche nach meiner Tasche machen. Für die Wartezeit hat Fabrice mir sein einziges Buch geliehen. Die Autobiografie eines Mannes, der Zigaretten raucht und in einer Rockgruppe Gitarre spielt. Ich wusste, dass man ein Buch auch hören kann, aber ich habe vorher noch nie einen Musiker gelesen. Fabrice ist wieder eingeschlafen, Jupiter putzt sich, und von Zeit zu Zeit fällt eine Münze in den Becher, aber ich blicke nicht mal vom Buch auf. Das kommt mir wie gerufen, ich wage nämlich nicht, jemanden um etwas zu bitten. Und da Fabrice außer »Danke« nichts sagt, weiß ich nicht, ob man die Hand oder den Becher ausstrecken muss, ob man »Guten Tag« oder lieber »Entschuldigen Sie« sagt ... Warten. So ist das nun mal. Ich werde auf der Straße lesen, da, wo die Leute Geld ausgeben, und wenn das mit Ägypten nicht klappt, kaufe ich Bücher für mich und Blumen für Maman.

»Fabrice? Glauben Sie, dass es Gott gibt?«

»Ich habe keine Ahnung, und es ist mir auch völlig egal! Was zählt, ist, dass er durch diejenigen existiert, die an ihn glauben.«

»Aber was ist mit Ihnen, glauben Sie an ihn?«

»Manchmal. Kommt drauf an, was ich so zu essen kriege.«

Er reckt sich und wirft einen Blick in den Becher.

»Ich habe fast zwei Stunden geschlafen, und das ist alles, was sie dir gegeben haben?«

»Nein, die großen Münzen habe ich versteckt, so, wie Sie gesagt haben.«

»Du bist zu ehrlich, Kleiner. Behalte sie, kauf dir Bonbons, ein Ticket für die Metro, und wenn jemand auf dich wartet, geh diesen Menschen besuchen, solange du noch die Wahl hast.«

»Auf mich wartet niemand. Meiner Mama habe ich eine Nachricht hinterlassen. Sind Sie sicher, dass ich nicht mit Ihnen teilen soll?«

Bei sieben Euro habe ich zu zählen aufgehört, aber danach sind auch noch drei oder vier Münzen in den Becher gefallen. Ich bin bestimmt noch reicher, als ich es an dem Morgen war, ehe ich meine Tasche verloren habe. Falls ich sie wiederfinde, habe ich auf jeden Fall genug Geld, um mir das Flugzeug nach Ägypten anzusehen. Und falls ich sie nicht finde, mache ich es wie heute … Jetzt muss ich Jupiter füttern. Ich habe ihn hinter meinem Buch miauen gehört, aber nicht weiter auf ihn geachtet.

»Ich muss meine Katze füttern.«

»Und ich muss mich selbst füttern, also trennen unsere Wege sich jetzt, mein Junge. Ich leihe dir das Buch, wenn du es zu Ende lesen willst, aber bleib nicht in dieser Gegend, wenn es dunkel wird.«

Während er mich mit Ratschlägen überschüttet, sammelt er seine Sachen zusammen und packt sie ordentlich ein.

»Wenn du gehst, lass das Buch in dieser Pflanze da liegen, dann finde ich es morgen wieder. Und gib mir doch mal drei Euronen, damit ich unterwegs duschen kann. Die hast du in einer halben Stunde wieder drin.«

Das Kind gibt ihm ein paar Münzen.

»Du bist ein guter Junge, ich lass dir meinen Becher da.«

»Danke. Wussten Sie, dass die Götter in Ägypten Katzen waren?«

»Und in Frankreich hat man offenbar einen Stuhl geholt und einen zusätzlichen Teller auf den Tisch gestellt, um den Fremden in Not aufzunehmen. Aber ich sehe hier keine Stühle und schon gar keine Teller, ich sehe nur Bügelschlösser und elektronische Türschlösser. Also lass die Götter in Ägypten, und wenn dir einer von der Straße Probleme macht, komm wieder zu mir. Aber wenn es die Polizei ist, wendest du dich an jemand anders, dann bist du mir nie begegnet, verstanden?«

»Probleme, ich komme zurück, Polizei, nie gesehen, Probleme, ich komme zurück, Polizei, nie gesehen, Probleme, ich komme zurück …«

»Genau. Also, ich verschwinde dann mal. Nicht, dass mir die Suppe kalt wird. Tschüss, mein Junge!«

Ich bin mir sicher, dass alles in Ordnung geht und Maman Fabrice zum Abendessen einlädt, wenn sie erfährt, wie großzügig er war. Und wenn nicht, gehe ich zu ihm und bringe ihm etwas zu lesen mit.

Fabrice ist jetzt mein Freund. Es stimmt, er sieht ein bisschen wie ein Rüpel aus, wild und irgendwie auch traurig, wenn man ihn so sieht, aber tatsächlich lacht er und lebt, ein paar Sonnenstrahlen reichen, und Fabrice lächelt, er ist nur müde vom Leben, von der Straße, von den Blicken der Leute, die vorübergehen. Fabrice. Ich habe beschlossen, das Buch von dem Gitarristen nicht zu Ende zu lesen. Es sind viele Schimpfwörter drin und zu wenig Geschichte. Ich habe es in der Pflanze versteckt. Jupiter ist ungeduldig, und ich versuche, ihm den Bauch zu kraulen, damit er mir verzeiht, dass er auf mich warten musste. Jetzt bin ich fast genauso hungrig wie er. Die Straßenlaternen gehen an.

Ich mag das Schauspiel in den Bahnhofshallen. Die kurze Verzögerung, wenn alle auf die große Anzeigetafel blicken und sich zu ihrem Gleis begeben, als entschieden sie sich für ein bestimmtes Schicksal; die Leute, die über Verspätungen schimpfen oder sich am Handy darüber beklagen, das zuvorkommende Verhalten der Angehörigen, die für ein letztes Lebewohl oder wegen eines zu schweren Koffers mitgekommen sind, die Euphorie des Aufbruchs, die Ungezwungenheit bei der Rückkehr und die Freude eines Wiedersehens, Zerrspiegel des Schmerzes bei der Trennung.

Auf dem Bahnsteig angekommen, warten wir. Mein Zug geht um 13:42 Uhr, und obwohl ich eine halbe Stunde zu früh gekommen bin, kann ich nicht anders, als nervös nach dem Bestimmungsort jedes Zugs zu sehen, der neben mir hält.

Ich nutze die Zeit, um die anderen zu beobachten, und mein Blick bleibt an einem Mann in Uniform hängen, der mit großen Schritten den Bahnsteig entlanggeht und aus vollem Hals in eine Trillerpfeife aus Metall bläst. Ich frage mich, warum er den Lärm mit gleichmäßigen, weit ausholenden Armbewegungen begleitet, die aussehen, als wollte er die Leute um Ruhe bitten, obwohl er der Einzige hier ist, der so aufgedreht wirkt.

Was hat dieser Mann wohl gelernt? Hat er eine Ausbildung als Pfeifer? Hat er Übungsstunden genommen, in denen er gelernt hat, wie man eine Gruppe von Menschen nur mithilfe einer Trillerpfeife und drohender Gebärden führt? Gibt es eine vorschriftsmäßige Art zu pfeifen oder ist das zum Teil auch Geschmackssache? Wozu ist er nütze, wenn doch bereits die Lautsprecher die Abfahrt ankündigen und dem Schließen der Türen ein Signalton vorangeht?

Zwei Jugendliche haben sich im Eingang des Waggons postiert, und obwohl ich normalerweise immer Platz 95 habe, sitze ich auf der 97, damit ich mein Gepäck im Auge behalten kann. Ich bin überzeugt, dass sie keine Fahrkarten haben, und ich warte mit einer gewissen Ungeduld auf die Kontrolleure. Falls die Sache eskaliert, schaffe ich es vor der Ankunft nicht mal, meine Illustrierte durchzulesen.

Welche Ironie liegt darin, seine Familie hinter sich zu lassen und von den Kindern anderer Leute geweckt zu werden. Die Jugendlichen sind ausgestiegen, ohne kontrolliert zu werden. Ich muss zugeben, dass ich ein wenig enttäuscht bin. Dass die Stimme aus dem Lautsprecher gerade fünfundzwanzig Minuten Verspätung angekündigt hat, nehme ich zum Anlass, mich mit den beiden Omas mir gegenüber zu unterhalten.

Der Zug ist voll belegt, und ich kämpfe mich durch die gehetzte Menschenmenge, die mir auszuweichen versucht, mich anrempelt oder mir den Weg versperrt. Am Ausgang des Bahnhofs sitzt ein Obdachloser, dem typischerweise niemand Beachtung schenkt. Er hält die Hände vors Gesicht, aber seine Brust wird von Krämpfen geschüttelt, was erahnen lässt, dass er weint. Zögerlich gehe ich zu ihm hin. »Alles in Ordnung?« Er senkt langsam die Hände, bis seine geröteten Augen zum Vorschein kommen, und blickt mich lange verständnislos an, wortlos, als wäre er überrascht, dass er noch existiert.

Wie lange weint dieser Mann bereits? Wie viele Menschen sind an ihm vorbeigegangen, ohne ihn auch nur wahrzunehmen? Hunderte? Tausende?

Ich glaube, dass der Mensch seinem Wesen nach so ist. Nicht schlecht, sondern egoistisch. Seinem Nächsten zu helfen, ohne dafür eine Gegenleistung zu erwarten, ist keineswegs natürlich. Wir mögen andere Menschen, weil sie uns ebenfalls mögen, das Interesse daran, einen Penner oder den Nachbarn zu mögen, ist relativ begrenzt.

Drei Tage. Seit Mittwoch ist er hier, sitzt niedergeschlagen an diesen Betonklotz gelehnt, der ihm als Rückenlehne und Kopfbrett dient. Samuel. Der Vorname eines Propheten. Ein fein geschnittenes Gesicht, dunkel vor Dreck. Ein paar Minuten lang sitzen wir nebeneinander und beten.

Weil die glühendsten Atheisten es als Bekehrungseifer auslegen, wenn wir von unserem Glauben oder von dem sprechen, was Gott uns schenkt, gründen wir Verbände und sprechen von Humanismus statt von Nächstenliebe. Ich lache immer über die faulen Utopisten, die diese Begriffe einander gegenüberstellen, ohne je einen Fuß in ein Flüchtlingslager oder eine Aufnahmeeinrichtung gesetzt zu haben. Gott *ist* Humanismus. Genauso, wie er Hoffnung und Kraft für denjenigen ist, der mit etwas fertigwerden muss, oder der letzte Trost für einen, der weggeht.

Ein Freund von mir hat einen Unterschlupf. Ich gebe ihm die Nummer und sage ihm, dass er in meinem Auftrag dort anrufen soll. Das wird vielleicht nicht ausreichen, um ihn über den Winter zu bringen, aber ich habe es wenigstens versucht. Die Straßen sind mit Pfützen aus geschmolzenem Schnee übersät, ich bin noch keine zehn Schritte gegangen und habe schon klatschnasse Füße. Ärgerlich, aber was soll's. Ich bin auf dem Weg nach Hause. Man muss schon raus aufs Land fahren und saubere Luft atmen, um die Ausdünstungen der Stadt wieder schätzen zu lernen, die allgegenwärtige Verschmutzung, diesen Zuhause-Geruch, der einem in die Nebenhöhlen dringt, sobald man den Bahnhof verlässt.

An einer Bushaltestelle bleibe ich stehen, um meiner Tochter zu antworten, die sich für meine Mutter hält.

Bist du gut angekommen? Sei vorsichtig, setz dir eine Mütze auf, sie haben Schnee angesagt.

Noémie, dreizehn, in den Ferien bei ihren Cousins. Meine Sorge und mein Ruhm, mein Stolz und mein Kreuz. Bei der Vorstellung, sie eine Woche lang allein auf Wanderungen und kleine Radtouren gehen zu lassen, war mir anfangs nicht wohl, aber jetzt fühle ich mich beinahe schuldig, weil ich mich über die Aussicht freue, ein paar Tage für mich allein zu haben. Schlafen können, ohne geweckt zu werden, sorglos lange aufbleiben, essen ohne Zwänge, ungestört ihr Zimmer aufräumen … Eine Woche ist okay. Mehr wäre wahrscheinlich zu viel. Ohne meine Tochter zu sein, das kommt mir manchmal vor wie Ausgehen ohne Handtasche. Ich fühle mich leichter, merke aber, dass etwas fehlt.

Kein Abendessen muss geplant, keine Waschmaschine angestellt, keine E-Mails beantwortet werden, also werde ich mir ein Nickerchen gönnen, ehe ich mich bis Montagmorgen ins pralle Leben stürze.

Ich war in meinem Wohnzimmer. Das Fenster ging auf eine Straße im Kriegszustand. Schüsse, Granaten und eine Frau vor meinem Fenster, gelähmt. Diese Frau war ich. Ich wollte nicht wieder raufgehen, ich wollte die Straße überqueren, zu meiner Tochter auf die andere Seite oder zu meiner Mutter, ich weiß es nicht mehr. Unaufhörlich pfeifen Granaten. In diesem Augenblick habe ich Angst, es gibt nur noch dieses Gefühl. Ein kleines Mädchen ist aufgestanden, will die Straße überqueren, hat die Hände nach der Mutter ausgestreckt, die sie anfleht, auf der anderen Seite zu bleiben. Ich bin dieses Mädchen, das gerade erst laufen gelernt hat und wie durch ein Wunder unbeschadet durch den Kugelhagel taumelt.

Ich war in meinem Wohnzimmer. Ich bin eingenickt und hatte diesen seltsamen Traum. Die Stadt lag in Trümmern, Soldaten waren auf der Straße … Um es kurz zu machen: In Wirklichkeit ist es schon dunkel, und ich muss noch mal los, um Brot zu kaufen. Ich ertrage diese Monate ohne Abenddämmerung nicht, wo man dem Tag nur begegnet, wenn man zur Arbeit fährt.

Beim Hinausgehen kommt mir erneut ein Bild in den Sinn. Das Gesicht einer einsamen Frau, starr vor Entsetzen. Sie versteckte sich, als stünde die Welt kurz vorm Explodieren. Wenn ich an ihr Gesicht denke, bekomme ich Gänsehaut. Ich werde ein bisschen spazieren gehen, damit sich dieser Traum auflöst.

Einmal habe ich das Meer gesehen. Eine Woche im Herbst. Das Wasser war weiß wie der Himmel, und der Wind drohte meinen Hut davonzutragen. Die Sonne schien nicht mehr, aber wir haben gebadet. Ich habe sogar einen Kraken und eine Sternschnuppe gesehen. Das fällt mir jetzt ein, weil die Autos mich an Fische erinnern. Sie ziehen in Gruppen dahin, ohne dass man genau sagen könnte, wo sie hinwollen, sie trennen sich kurz voneinander, ohne dass man weiß, warum, sie ziehen Tag und Nacht an demselben Ort umher wie schon am Tag zuvor. Das ist weder schön noch hässlich, aber ohne es zu wollen, beobachte ich, wie sie sich bewegen.

Der Supermarkt macht gleich zu. Ich habe so viele Münzen, dass ich sie nicht schnell genug zählen kann. Ich habe einen Schokoladenkuchen gekauft und das Katzenfutter, bei dem die Katze auf dem

Foto Jupiter am ähnlichsten sieht. Sechs Euro dreißig. Perfekt. Nach dem Essen gehen wir zum Fluss, unsere Tasche suchen, und dann kann ich lesen, während ich arbeite, bis ich endlich reich genug bin, um zum Flughafen zu fahren.

Draußen ist es nicht mehr so kalt wie gestern. Zum Abendessen setzen wir uns unter ein Baugerüst.

Der kleine Kuchen war köstlich, aber er hat meinen Appetit eher geweckt, als ihn zu stillen. Jupiter ruht sich ein bisschen aus, also lasse ich ihn erst mal in Ruhe verdauen, ehe ich losgehe und ein Dessert kaufe. Während ich warte, steht mein Becher auf dem Rand des Bürgersteigs. Ich frage mich, ob das Mondlicht hell genug wäre, um die Stadt zu beleuchten, wenn alle Laternen auf einmal ausgingen. Von hier aus ist der Mond nicht besser zu sehen als die Sterne.

Ein Mann auf einem Fahrrad hat mich angelächelt, und ein großer Labrador, der eine alte Dame an der Leine zog, hat meinen Becher umgestoßen. Jupiter hat sich versteckt, obwohl der Hund ihm nicht mehr Beachtung geschenkt hat als einer winzigen Fliege.

Ich machte mich zum Aufbruch bereit, war aber noch nicht aufgestanden. Ich saß noch, das stimmt, aber in meinem Kopf war alles schon fertig. Ich war also *fast* aufgestanden, hatte dann aber diese Frau gesehen. Sie hatte mich auch gesehen und guckte mich durch das Gerüst hindurch an. Ich bin nur sitzen geblieben, weil sie mich anstarrte, als stünde hinter mir ein Monster. Ich hatte keine Angst, dass wirklich eins dort stehen könnte, denn ich hatte mich vorm Hinsetzen gründlich umgesehen. Erst dachte ich, sie hat vielleicht eine Katzenphobie, aber Jupiter ist auf sie zugegangen, und sie hat sich keinen Millimeter vom Fleck gerührt. Sie ähnelte diesen Frauen, für die Maman arbeitet, solche, die immer zu spät dran sind und »bitte« sagen, wenn sie Befehle geben.

»Bist du allein?«

»Nein … Meine Katze ist bei mir.«

»Und weiß deine Mutter, dass du hier bist?«

»Natürlich. Ich habe ihr eine Nachricht geschrieben.«

»Aber das ist doch verrückt! Ein Kind, an einem Samstagabend allein in dieser dunklen Straße, jeder hergelaufene Irre könnte dir etwas antun!«

Das klingt übel … Ich weiß zwar nicht recht, was dieser Irre mir antun sollte, aber es ist besser, nicht zu vorlaut zu wirken.

»Und was willst du hier?«

»Nachtisch essen … Ich habe immer noch ein bisschen Hunger, darum …«

»Unglaublich! Wie kann man ein Kind in deinem Alter mitten in der Stadt betteln lassen, abends und ganz allein …«

»Es ist das erste Mal, wirklich! Keine Sorge, ich bettle eigentlich nicht, meine Katze und ich machen nur eine Reise.«

»Du hast ja keine Ahnung, in welche Gefahr du dich begibst! Dein Dessert bekommst du schon noch, jetzt gehst du erst mal mit mir. Kommt überhaupt nicht infrage, dass du hier allein sitzen bleibst.«

Das sagt Maman auch oft. »Kommt nicht infrage.« Es klingt beeindruckend; obwohl ich es eindeutiger fände, wenn es »Kommt nicht in Antwort« hieße. Jedenfalls folge ich dieser Dame, die mir einen Nachtisch versprochen hat. Ich habe zwar keine große Lust, aber ich habe gelesen, dass man ängstlichen Menschen niemals widersprechen darf. Sie zieht mich an der Hand hinter sich her und redet mit sich selbst. Es klingt wie ein Gebet in einer fremden Sprache.

Ihr Haus scheint ziemlich groß zu sein. Es ist das Gegenteil von Mias Zuhause. Es gibt keinen Fahrstuhl, sie wohnt im ersten Stock, und die Fenster zeigen auf die Fenster gegenüber. Im Eingang stehen genug Bücher, um ein Regal der Bibliothek damit zu füllen. Sie hat wahrscheinlich ein Kind, denn vor der Tür liegen Schuhe herum, die kleiner sind als ihre eigenen. Ich habe mich vor dem Sofa auf den Boden gesetzt, um Kompott zu essen, und Jupiter entdeckt gerade sein neues Revier. Über dem Sofa hängt ein großes Bild, auf dem eine völlig nackte Frau auf einem Tisch sitzt, und auf der anderen Seite, nahe beim Fernseher, steht eine Jungfrau Maria auf einer Holzkommode.

Die nette ängstliche Dame heißt Nathalie, und sie hat tatsächlich eine Tochter, die etwas größer ist als ich. Sie ist nicht da, weil sie in den Ferien bei ihren Cousins ist. Als Nathalie so alt war wie ich, hat sie anscheinend mit sechs Brüdern und Schwestern zusammengelebt. Seltsame Vorstellung, dass sie mal ein Kind war wie ich und dass sogar die ältesten Menschen die Söhne oder Töchter von jemandem waren … Ich hätte auch gern Brüder und Schwestern oder Cousins, die ich in den Ferien besuchen kann. Ich habe zwar eine Tante, von der Maman hin und wieder spricht, aber sie haben sich vor meiner Geburt zerstritten, darum habe ich sie noch nie gesehen.

Nathalie wiederholte ständig, sie habe Angst, dass meine Familie sich fragt, wo ich bin, also habe ich sie beruhigt und ihr erzählt, dass ich in Wahrheit gar keine Familie habe. So macht sie sich keine unnötigen Sorgen und versucht wenigstens nicht, mich nach Hause zu bringen wie die anderen davor. Während wir uns unterhielten, hat sie eine Fischsuppe aufgewärmt, die Jupiter und mir hervorragend geschmeckt hat. Das habe ich ihr schon nach dem ersten Bissen gesagt, und sie guckte glücklich und traurig zugleich, wie Maman manchmal, wenn ich ihr von meinen Büchern erzähle.

»Und die Bücher im Eingang, haben Sie die alle gelesen?«

»Längst nicht. Ich nehme mir hin und wieder eins vor, wenn ich Zeit zum Lesen habe.«

»Darf ich mir ein dickes ausleihen, wenn ich wieder gehe? Ich habe nämlich viel Zeit zum Lesen ...«

»Wenn du brav bist, kannst du es sogar behalten.«

»Ich würde es mir lieber ausleihen, wenn Ihnen das nichts ausmacht.«

Sobald ich ein Buch gelesen habe, weiß ich nicht mehr, was ich damit machen soll.

»Gerade eben auf der Straße hast du gesagt, dass ihr auf Reisen seid, du und deine Katze ... Kannst du mir sagen, wo ihr hinwollt?«

»Klar. Nach Ägypten. Echt köstlich, diese Suppe.«

»Nach Ägypten? Aber du bist doch gar kein Ägypter.«

»Ich nicht, aber er ist einer. Ich habe unsere Tasche heute Morgen auf der Straße fallen lassen und vergessen, sie wieder aufzuheben, darum müssen wir sie uns erst mal wiederholen und noch ein bisschen Geld verdienen, aber dann geht's los in Richtung Kairo. Das ist die Hauptstadt. Wenn Sie wollen, schicke ich Ihnen eine Ansichtskarte. In der Tasche sind Umschläge.«

Es war ganz einfach, brav zu sein. Ein paar Minuten später hat ihr Handy vibriert, und sie meinte, ich sollte mir etwas zu lesen aussuchen. Bei ihr ist es noch komplizierter als in meiner Schule. Es gibt einfach jede Menge Bücher ohne Etikett, das einem sagen würde, worum es geht. Darum habe ich wahllos irgendeins rausgezogen, ein dickes Buch von Jules Verne mit rotem Einband. Er ist so abgenutzt, dass man den Titel nicht mehr lesen kann. Vielleicht habe ich mich darum für dieses Buch entschieden, es sah so traurig aus da unten auf seinem Regalbrett.

Nathalie telefoniert. Ich verstehe nicht richtig, was sie sagt, aber ich glaube, sie spricht von mir, denn ich habe das Wort Katze gehört, als ich am Wohnzimmer vorbeigekommen bin, um Pipi machen zu gehen. Da sie es mir nicht verboten hat, nutze ich die Gelegenheit und sehe mir die Wohnung an. Sie ist riesig. Es gibt ein Zimmer für ihre

Tochter, eins für sie selbst, Extratoiletten, vom Badezimmer getrennt, und das Waschbecken glänzt wie frisch geputzte weiße Schuhe.

»Hast du dir ein Buch ausgesucht?«

Ohne auf sie zu warten, gehe ich ins Wohnzimmer zurück.

»Ich habe eins von Jules Verne genommen, das Buch, das keinen Titel mehr hat! Ich bringe es Ihnen morgen wieder. Wer war das da am Telefon?«

»Niemand.«

»Doch, da war jemand, das habe ich gehört, sogar, dass Sie von mir gesprochen haben.«

»Es war jemand, der dir helfen wird.«

Das habe ich schon mal gehört, und dann ist es nicht besonders gut gelaufen. Außerdem wüsste ich nicht, warum dieser Jemand mir besser helfen können sollte als die anderen. Ich frage mich, ob sie lügt. Bisher habe ich geglaubt, ich könnte ihr vertrauen, aber bei Erwachsenen muss man mit allem rechnen.

»Glaubst du an Gott, junger Mann?«

»Ich weiß nicht recht ... Kommt drauf an. Manchmal. Und Sie?«

Nathalie glaubt an Gott. Nathalie glaubt sogar, dass Gott dafür gesorgt hat, dass ich ihr über den Weg laufe, dass er einen Plan für sie und auch für mich hat, aber nicht denselben für uns beide; sie glaubt, dass es Zufälle gibt, die keine sind, dass mein Leben ein Geschenk ist, dass es mehr für mich bereithält, als ich mir vorstellen kann ... Ich höre ihr nicht mehr zu. Ich habe den Computer gesehen. Eine Suchmaschine. Ich habe den Computer und ein Suchergebnis mit einer Telefonnummer gesehen. Nathalie hat die Seite geschlossen, wie Maman den Fernseher ausschaltet, wenn ich ihr nicht schnell genug antworte, aber ich konnte es trotzdem noch lesen: Sozialer Dienst.

Denk nach. Ablenkung, die Wärter täuschen. Wie in dem Buch aus der Bibliothek. Um Zeit zu gewinnen, habe ich nichts gesagt. Wenn sie merkt, dass ich Bescheid weiß, habe ich keine Chance. Wenn ich in Ägypten bin, werde ich ihr schreiben, weil ich verstehen will, wie eine so nette Dame den Wunsch verspüren kann, mich ins Tierheim für Kinder zu schicken. Aber erst mal muss ich entkommen.

»Möchtest du vielleicht duschen?«

Warum nicht? Das verschafft mir Zeit zum Nachdenken. Jupiter habe ich nichts erzählt, damit er nicht erschrickt, aber allmählich wird es Zeit. Das Handtuch, das sie mir gegeben hat, ist so groß, dass ich meinen Anorak und das Buch ohne Titel darin verstecken konnte, während sie auf der Toilette war. Falls sich eine Gelegenheit bietet, wenn ich aus dem Bad komme ... Ich lasse das Wasser laufen, ohne mich auszuziehen, und Jupiter tippt mit den Vorderballen seiner Pfötchen darauf. Im Augenblick habe ich weder eine Idee noch eine Gelegenheit. Über der Badewanne ist zwar ein kleines Fenster, aber das sieht gefährlich aus. Nein. Ich werde noch ein bisschen warten und das Waschbecken verstopfen, dann gehe ich raus und sage ihr, dass es verstopft ist, sie sieht nach, und ich nutze meine Chance. Das scheint mir ein schlauer Plan zu sein.

Ich habe Zahnpasta genommen und drücke die Tube im Waschbecken aus. Das ist zwar nicht sehr wirkungsvoll, aber abgesehen von ein paar Wattestäbchen habe ich nichts Besseres gefunden, um das Wasser am Ablaufen zu hindern. Nathalie hat mich durch die Tür hindurch gefragt, ob alles in Ordnung ist. Ich habe geantwortet, dass ich ein Bad nehme. Ich wünschte, es wäre wahr, dann müsste ich nicht lügen.

Obwohl ... Jetzt, wo die Badewanne voll ist, finde ich es ein bisschen schade, dass ich das nicht ausnutzen kann ... Außerdem ist es weniger schlimm, wenn man eine Lüge unter einer Wahrheit versteckt. Jupiter miaut vorwurfsvoll. Also gut. Nur zwei Minuten. Nur um das Handtuch anzufeuchten.

Zu spät. Ich habe die Klingel gehört. Das müssen sie sein. Nathalie hat gesagt: »Ich mache *Ihnen* auf.«

Und man macht am Samstagabend keinem die Tür auf, den man siezt. Vor mehreren Erwachsenen kann ich nicht weglaufen, es gibt nur eine Treppe, ich kann nicht fliegen oder mich unsichtbar machen, ich habe kein Versteck, und ich bin nicht reich genug, um es wie in den Büchern zu machen und ihnen Geld zu geben, damit sie wegsehen … Mir bleibt keine andere Wahl. Ich muss mich wieder anziehen und aus dem kleinen Fenster klettern.

Ich weiß, dass es nur ein Stockwerk ist, trotzdem ist es viel zu hoch. Wenn ich nur mein Seil noch hätte, das hätte ich festbinden und in Ruhe daran hinunterklettern können. Es ist zu spät. Sie sind da, gleich nebenan, bereit, zuzuschlagen; sie sind leise, aber Nathalies Stimme verrät sie, weil sie ihnen etwas zu trinken anbietet, »während Sie warten«.

»Bist du fertig?«

»Fast! Ich trockne mich noch ab!«

Unglaublich. Ich habe mich kaum umgedreht, da ist Jupiter schon verschwunden. Erst dachte ich, er wäre gesprungen, ohne auf meine Aufforderung zu warten, aber der kleine Hof hinter dem Gebäude ist genauso leer wie eine halbe Minute zuvor. Es macht mir ein bisschen Angst, aber irgendwie ist es auch ermutigend … Wenn er es geschafft hat, klappt es bei mir bestimmt auch. Vielleicht gibt es eine Haltung, die einen unsichtbar macht, oder man muss es sich nur fest vorstellen, damit … Der Müllschlucker! Na klar! Jupiter musste erst nach mir rufen, damit ich kapiere, wo er hineingesprungen ist. Papa hätte gesagt, dass ich nur Stroh im Kopf habe, und er hat recht. Unter dem Fenster ist der Hof. Aber neben dem Fenster gibt es einen Vorsprung in der Wand, und dahinter befindet sich ein großer Tunnel. Und am unteren Ende des großen Tunnels stehen zwei riesige, rechteckige Müllcontainer voller kleiner Mülltüten, die die Leute zu Hause wegwerfen.

Weil ich ein Angsthase bin, hatte ich die Container nicht gesehen, sie stehen nämlich dicht an der Wand, und ich hatte mich nicht weit genug hinausgelehnt. Das Problem ist nur, dass ich keine Katze bin und nicht durch den Tunnel hinabsteigen kann … Aber wenn ich springe, müssten die Tüten meinen Aufprall eigentlich dämpfen … Ja, bestimmt, auf den Mülltüten werde ich fast so weich landen wie in einem Bällebad. Sterben werde ich jedenfalls nicht, glaube ich. Und falls doch, wird Madame Goulde sicher bitter bereuen, dass sie mir nicht schon früher erlaubt hat, Jupiter mitzunehmen. Aber vielleicht lande ich ja auf ihm und zerquetsche ihn, und dann beerdigen sie uns in Ägypten, Seite an Seite in einem großen Sarkophag. Aber jetzt klopft das Tierheim für Kinder an die Tür. Also: Adieu.

Das war supereinfach. Zum Springen braucht man nur ein bisschen Mut, und man muss wissen, wie man auf den Pfoten landet. Okay, ich habe den Müllcontainer verpasst, und mir tut der Hintern ein bisschen weh, aber wenn ich in dem Ding gelandet wäre, hätte ich mit Sicherheit mehr Lärm gemacht. Kurz vorm Sprung habe ich Nathalie sagen hören, dass sie jetzt die Tür aufmachen würde. Weil sie mich möglicherweise vom Fenster aus sehen kann und weil ich Angst habe, dass vor dem Haus noch Verstärkung steht, bin ich zu Jupiter in den Container gestiegen und hoffe, dass sie sich nicht aus dem Fenster lehnen.

Da haben wir die Bescherung, ich höre sie. Von einem konnte ich sogar die Haare sehen. Da sind ein Mann und eine Frau und Nathalies Stimme, die immer noch sehr ängstlich klingt. Der Mann hat Schimpfwörter benutzt, woraufhin die Frau gesagt hat: » Kümmer du dich um die Straße, ich sehe mich im Haus um! Madame, hat er vielleicht etwas gesagt, das darauf hindeutet, wo er hingehen will? «

Nathalie hat nichts verraten. Nur, dass ich viel Fantasie habe und dass ich ein Buch mitgenommen und versprochen habe, es ihr am nächsten Tag zurückzubringen.

» Falls er zurückkommt, sagen Sie uns einfach Bescheid. «

Die Frau vom Sozialen Dienst hat sich gründlich im Hof umgesehen, hatte es aber zu eilig, um auch in die Müllcontainer zu gucken. Ich habe mich keinen Zentimeter vom Fleck gerührt und Jupiter keinen Millimeter. Ich glaube, sie sind weg, aber wie Maman sagen würde: im Zweifel lieber vorsichtig sein. Ich warte noch ein bisschen. Ich wusste, irgendwann kommt der Tag, an dem es sich lohnt, geduldig zu sein, auch ohne ein Buch in den Händen.

Es gibt nichts Spontaneres als Gewalt. Die ersten menschlichen Wesen aßen, um zu überleben, sie vögelten, um sich fortzupflanzen, und sie prügelten sich, ohne einen Grund dafür zu brauchen. Seinen Nächsten zu schlagen ist die älteste Handlung und die natürlichste Droge, die es gibt. Wie man jemanden küsst und umarmt, muss man einem Kind beibringen, aber nicht, wie man jemandem einen Klaps gibt. Ein Baby schläft, isst, weint … und schlägt. Die Gesellschaft will, dass wir Gewalt verteufeln, dass wir sie schon im Kindergarten unterdrücken und auf diese Weise Generationen von Feiglingen heranziehen, die sich gegenseitig bei der Erzieherin verpetzen und später, als Erwachsene, Anzeige erstatten. Fast könnte man vergessen, dass so etwas gegen die Natur ist.

Ich war acht, und ein dunkelhäutiger Junge mit einem Vogelgesicht, Ludovic, hat in jeder Pause Kinder angeheuert, die mich verhöhnten. Er nannte mich den »Fettsack ohne Hals«, und das brachte die anderen zum Lachen. Eines Tages habe ich Ludovic an den Haaren gepackt und seinen Kopf an einen Baum geschlagen. Er fing an zu weinen, überall war Blut, und die anderen haben aufgehört zu lachen. Ich war so glücklich, als hätte ich Geburtstag. Nicht, weil sich nie wieder jemand über mich lustig machen würde, sondern weil der Junge Schmerzen hatte und weil sich alle vor mir fürchteten.

Mit nahezu wissenschaftlicher Bestimmtheit erkenne ich lediglich drei Unterschiede zwischen einer Frau und mir. Der erste befindet sich zwischen ihren Beinen, der zweite ist eine mögliche Schwangerschaft, der dritte besteht darin, dass ich gewinne, falls es zu Streit und in der Folge zu Handgreiflichkeiten kommt. Man muss Feminist sein, um zu glauben, dass es noch mehr Unterschiede gibt.

Als Teenager mochte ich Kampfkunstfilme. Bis zu dem Tag, an dem ich verstand, dass nichts davon mit der Realität zu tun hatte. Niemand vollführt am Ende eines Saltos noch einen doppelten Fußtritt in der Luft. Kein Klangeffekt kann das dumpfe

Geräusch eines Kiefers, der ausgerenkt wird, oder das kurze, heftige Knacken eines brechenden Knochens wiedergeben.

Wenn man diese Triebe analysiert, anstatt sie zu befriedigen, dient das dem übergeordneten Interesse der Gemeinschaft. Ich verstehe und akzeptiere das. Daran ist nichts Verwunderliches, und es würde mir absolut kein Vergnügen bereiten, wahllos auf irgendeinen Menschen einzuprügeln. Der Genuss beruht einzig und allein auf dem Adrenalin, und Adrenalin gibt es nicht ohne das Risiko, Schmerzen zu erleiden. Erst fühlt man sich lebendig, später wie ein Sieger.

Von Montag bis Freitag bin ich Eliott, Statistiker in der Sensorik, ein mustergültiger Berater, der mit renommierten Vertretern der Autoindustrie zusammenarbeitet. Am Wochenende hingegen bin ich das, was die Medien einen Hooligan nennen. Diese Wörter aus anderen Sprachen, mit denen die Leute Phänomene bezeichnen, die sie nicht verstehen, um eine Wirklichkeit zu vereinfachen, die sie nicht begreifen können. In ihrer Vorstellung sind wir arm, jung, kriminell, vermummt und bewegen uns am Rand ihrer Normen und ihres Verständnisses. Wir sind Banker, Studenten, Ingenieure, Lehrer, Führungskräfte und Arbeiter, achtbare Väter und Söhne, normale Bürger, integriert und solidarisch. Es ist verrückt, wenn man genauer darüber nachdenkt. Den Leuten fällt es leichter, einen Priester der Pädophilie oder einen Minister der gemeinschaftlichen Vergewaltigung zu verdächtigen, als in Betracht zu ziehen, dass ein gesunder Mann Spaß daran haben könnte, einem anderen die Nase zu brechen.

Samstagabend. Fußballtag. Am Rand eines Parkplatzes haben wir uns versammelt und bereiten unser Match vor. Nur dass in unserem Fall das einzige Ziel darin besteht, die gegnerische Mannschaft in die Flucht zu schlagen. Als jüngerer Mann war ich wie elektrisiert von der Vorstellung, ein Territorium zu verteidigen, in dem die Anwesenheit des anderen per se eine Provokation war. Mit der Zeit habe ich verstanden, dass es um etwas viel Größeres und Schöneres geht. Es geht um Mut, um Loyalität und gegenseitige Unterstützung, darum, für einen anderen über sich selbst hinauszuwachsen, die eigenen Ängste zu überwinden, endlich ein Mann zu sein und zu leben ohne Wenn und Aber, denjenigen aufs Maul zu hauen, die den Fehler gemacht haben, sich in unserem Blickfeld aufzuhalten.

Wir sind ungefähr vierzig. Wahrscheinlich ein paar mehr. Ich setze meinen Zahnschutz ein. Hundert Meter trennen uns noch voneinander. Der Druck steigt in dem Maße, in dem wir den Schritt beschleunigen, miteinander verbunden durch Angst und Lust.

Kontakt. Keine Zeit, Schmerz zu empfinden. Jeder Schlag eine Befreiung.

Sie fliehen in Richtung Boulevard. Ich helfe einem Verletzten hoch und renne weiter, verfolge sie. Der Zusammenstoß hat höchstens dreißig Sekunden gedauert, aber Rémi liegt am Boden und reagiert nicht mehr. Einer der Typen von der gegnerischen Mannschaft hatte einen Knüppel oder eine Eisenstange. Zwei Straßen weiter erwischen wir ihn, und jetzt muss er bezahlen. Für eine Sekunde überlege ich, ob ich ihm seinen ausziehbaren Gummiknüppel in den Hals rammen soll, aber die Sirenen werden lauter, und die Ankunft der Flics ist für uns der Abpfiff.

Unsere Gruppe zerstreut sich, verteilt sich in den belebten kleinen Straßen. Kein Schal und kein Trikot mehr, die Zivilisation hat uns wieder, ich habe gute Chancen, erneut mit dieser gleichförmigen Masse zu verschmelzen, zu der ich schon immer gehört habe.

Es ist das reinste Chaos. Hinter mir die Martinshörner, und hundert Meter weiter packt die Zivilstreife zwei von meinen Jungs. Ich halte an und hole mir beim Kiosk eine Dose, ein kleiner Bengel starrt mich beharrlich an. Er trägt ein Trikot von Manchester, das ihm bis zu den Oberschenkeln reicht, seine Miene wirkt verblüfft. Ich gucke in den Spiegel, der in dem Laden hängt, sehe nach, ob ich blaue Flecken oder Verletzungen im Gesicht habe. Nichts.

Draußen stehen die Bullen.

Ich habe nicht mal nachgesehen, ob sie am Ausgang auf mich warten. Ich habe versucht, ganz normal zu wirken, wie jemand, der von zu Hause kommt, aber weil ich ein bisschen Angst hatte, dass sie mir hinterherlaufen, habe ich Jupiter auf den Arm genommen und bin sehr schnell zu einem großen Boulevard gelaufen, wo gehupt wurde und jede Menge Leute vor den Restaurants standen. Ich habe Seitenstechen, drehe mich aber nicht um. Ich habe einen Bus auf dem Boulevard vorüberfahren sehen, und wenn ich die Haltestelle finde, kann ich mich unauffälliger machen als ein Ninja.

Fliehen macht durstig. Sie sollten im Bus Wasserflaschen bereithalten, damit die Leute, die rennen müssen, um ihn noch zu kriegen, ihren Durst stillen können. Das Fenster ist nicht beschlagen genug, um ein schönes Bild zu malen, und außerdem beobachtet mich ein alter Herr. Ich mag es nicht, wenn andere meine Bilder betrachten, solange sie noch nicht fertig und signiert sind. Maman sagt, wenn ich mal ein großer Maler bin, erhalten meine Bilder erst durch die Signatur ihren Wert. Ich weiß nicht recht, warum, aber ich signiere jedes Bild, man kann ja nie wissen …

Dieser Bus gefällt mir nicht. Ich bin noch nie mit einem Katapult gefahren, aber ich schätze, das fühlt sich so ähnlich an. Bei jeder Haltestelle werde ich nach vorn geschleudert und kann mich nur mühsam auf den Beinen halten, ohne den Kater fallen zu lassen. Wenigstens fährt der Bus schnell, so schnell, dass es sogar Haltestellen gibt, an denen wir nicht anhalten. Ich würde gern aussteigen, aber ich weiß nicht, was ich sagen muss, damit die Türen aufgehen.

Endlich wieder draußen. Ich habe keine Ahnung, wie ich den Fluss finden und zu der Brücke gehen soll, wo ich meine Tasche liegen gelassen habe … Das ist traurig, aber was soll's. Ich habe ein Buch, ein paar Euro, und ich kann arbeiten. Ich werde etwas zu trinken auftreiben, dann lassen wir uns an der kleinen Kreuzung nieder, die sich kein anderer ausgesucht hat.

Jeder Zebrastreifen ist ein Himmel-und-Hölle-Spiel. Die Straßen sind hier schmaler, und man weiß nie, was einen in der nächsten erwartet. Gerade habe ich gesehen, wie Feuerwehrmänner einen blutüberströmten Mann mitgenommen haben. Die Leute rundherum haben Kommentare abgegeben, angeblich gab es eine Prügelei. Das klang spannend, aber ich habe mich trotzdem nicht weiter dort aufgehalten. Ich habe immer noch solchen Durst.

Eigentlich wollte ich Wasser nehmen, aber jetzt, wo ich davorstehe, kommen mir Zweifel. Es gibt Säfte, von denen ich nicht mal die Frucht kenne.

»Was ist denn Maracuja?«

»Das schmeckt sehr gut.«

»Und Guave?«

»Das schmeckt sehr gut.«

Das hilft mir irgendwie nicht weiter. Die Flaschen stehen sowieso so weit oben, dass ich nicht drankomme.

»Ich glaube, ich nehme doch eine Flasche Wasser. Und vielleicht noch etwas Schokolade ... Obwohl die ziemlich teuer ist. Haben Sie Chips?«

»Am Eingang.«

»Wir nehmen die billigsten. Für Jupiter ist noch etwas Futter da.«

»Sehr schön. Zwei Euro bitte.«

Auf einmal ist draußen Lärm. Schreie und Martinshörner. Der Händler ist gleich rausgestürmt und hat nicht mal mein Geld genommen. Ich bin auch neugierig und möchte wissen, was vor sich geht, aber ich will nicht, dass Jupiter mir abhaut bei diesem Höllenlärm. Ein Mann kommt herein. Nicht der Händler, ein anderer. Ein Mann kommt rein, und draußen wird es still. Es ist, als wäre er alles, was von den Schreien und den Martinshörnern noch übrig bleibt. Er hat auch Durst. Ich glaube, er möchte gern zahlen, aber der Händler unterhält sich mit jemandem. Wahrscheinlich mit der Polizei draußen. Uniformen ohne Blaulicht.

Da sind sie, sie kommen auch zurück. Ich kann mich nicht länger verstecken. Wie konnten sie mir folgen, ohne dass ich es merke? Oder sind sie vielleicht hinter dem Mann her, der den Lärm beendet hat? Nein, sie blicken mich an, eindeutig. Es ist vorbei. Sicher sieht man mir das schlechte Gewissen an. Lächle. Nein. Dann weine. Nein, das geht auch nicht. Der Händler hat mein Geld genommen. Vielleicht hat er es ihnen gesagt. Vielleicht hätte ich ihm noch eine Münze geben müssen.

»Kleiner?«

Die Polizei redet mit mir. War ja klar. Wenn ich jetzt woanders hingucke und lange genug die Luft anhalte, löse ich mich vielleicht auf und kann dann entkommen, indem ich …

»Hallo, Kleiner?!«

»Ja?«

» Dieser Mann hier, ist das dein Papa? «

Ich weiß nicht, ob sie hinter mir her sind, hinter dem Mann oder hinter Jupiter, ich werde später darüber nachdenken. Aber eins weiß ich auch, ohne nachzudenken: Der Polizist sieht aus wie meine alte Lehrerin, wenn sie eine Fangfrage stellte, und darum stehen die Chancen, dass er mich in Ruhe lässt, bestimmt besser, wenn ich einfach Ja sage.

Der Mann hat die Uniformen angelächelt, und ich dachte, es wäre vorbei, aber dann hat er, immer noch lächelnd, mich angesehen und gesagt: » Na komm, nimm deine Chips, Maman wartet schon auf uns! «

Ich habe die Chips genommen. Und obwohl der Mann auf dem Weg zum Ausgang » Pardon « gesagt hat, bin ich mir nicht sicher, ob das funktioniert. Sie haben richtige Revolver am Gürtel, und sie sehen nicht aus, als wollten sie uns durchlassen.

Wir brauchten einen Retter, und er ist aufgetaucht. Ich kenne weder seinen Namen, noch weiß ich, wem er ähnelt. Es war eine Stimme, die laut in einer Sprache gesprochen hat, die ich nicht kenne. Sie kam aus dem Funkgerät von einem der Polizisten. Sie haben sich kurz angesehen und sind in dieselbe Richtung losgelaufen. Einfach so, ohne sich zu verabschieden oder irgendwas zu kaufen. Der Mann hat meine Flasche genommen, und ich bin brav mit meinem neuen Vater aus dem Laden gegangen.

Er redet nicht besonders viel, aber er geht so zielstrebig, als wollte er mich irgendwo hinbringen. Ich habe keine Angst. Ich frage mich nur, wer hier eigentlich wen gerettet hat.

»Du hast echt Eier, Kleiner.«

»Äh … wo gehen wir hin?«

»Ich habe meinen Wagen ein Stück weiter geparkt. Ich kann dich irgendwo absetzen, wenn du willst.«

»Hm, ich weiß nicht … habe ich Sie gerettet?«

»Könnte man so sagen, ja.«

»Habe ich Sie vor dem Gefängnis gerettet?«

»Das weiß ich nicht, aber du hast mich aus der Bredouille geholt, so viel ist sicher.«

»Dann können Sie sich also bei mir bedanken, indem Sie mich irgendwo absetzen, stimmt's?«

»Ja, sag ich doch.«

»Sehr gut. Ich will nach Ägypten.«

»Na, du bist ja lustig. Das ist vielleicht ein bisschen zu weit, oder? Reicht es für den Anfang nicht, wenn ich dich nach Hause bringe?«

»Ich bin nicht ›lustig‹. Gerade haben Sie gesagt, dass Sie mich irgendwo absetzen wollen. Dann können Sie mich wenigstens zum Flugzeug bringen!«

»Hab ich mir doch gedacht, dass du ausgerissen bist. Du hast kein Gepäck, kein Flugticket, und deine Katze wird dir auch keins kaufen. Du wirst dein Flugzeug niemals sehen, also sag mir lieber, wo du wohnst, dann bringe ich dich hin. Oder verschwinde, und mach weiter wie bisher.«

»Nein! Flugzeug!«

»Kleiner, wenn du bockig wirst, kann ich dich auch zur Polizei oder zum Sozialen Dienst bringen, also sieh dich vor.«

»Und ich kann denen erzählen, dass Sie versucht haben, mich zu missbrauchen.«

Jetzt lächelt er nicht mehr. Das muss echt schlimm sein, denn auf einmal sieht er ängstlich aus.

Er beißt sich auf die Unterlippe und wendet den Blick ab.

»Okay. Ich bringe dich zum Flughafen. Aber ich kaufe dir kein Ticket, ist das klar? Und du machst mir keine Probleme. Ich bringe dich hin und setze dich am Eingang ab. In Ordnung?«

»Super! Kann ich ein bisschen Wasser haben?«

Endlich mal ein vernünftiger Erwachsener. Jupiter ist auf meiner Schulter eingeschlafen, und ich hätte fast Lust, ihn zu wecken, so gern möchte ich ihm die gute Nachricht verkünden. Ich hätte echt nicht gedacht, dass es so einfach sein würde. Der Händler hat mir sogar eine neue Tüte gegeben, in die ich die Chips und das rote Buch stecken kann. Vielleicht können wir uns in einem großen Koffer verstecken oder vor den Flugzeugen arbeiten, bis wir genug zusammenhaben, um uns Tickets zu kaufen. Morgen dann Ägypten ansehen, neue Briefumschläge kaufen, und am Montag zum Frühstück sind wir wieder zurück. Ich bin mir sicher, dass Maman Frühstück für mich macht, auch wenn sie gar nicht weiß, ob ich nach Hause komme. Hoffentlich hat sie meine Nachricht gelesen, und der Zettel ist nicht weggeflogen, als sie die Tür aufgemacht hat. Jedenfalls wird sie stolz auf mich sein, wenn ich ihr alles erzähle. Wenn ich ihr erkläre, wie ich ausgebrochen bin, oder wenn sie die Postkarte mit den Pyramiden sieht.

Eliott hat ein sehr schönes Auto. Er wollte mir seinen Namen nicht sagen, ich habe ihn erraten. Außerdem stand er auf dem kleinen Display neben dem Lenkrad: Eliotts iPhone. Ich durfte vorne sitzen, darum habe ich es gesehen. Normalerweise erlaubt Maman mir das nicht. Aber ihm ist es egal. Und mir ist es lieber so. Die Welt sieht größer aus, und ich muss mich nicht vorbeugen, um in die Nacht hinauszusehen.

Bisher hat er geschwiegen. Ich fühle mich, als hätte ich einen Chauffeur wie die wichtigen Leute. Jupiter zappelt auf meinen Knien herum, er hat es auch eilig. Ich kraule ihm das Kinn, damit ihm das Warten leichter fällt.

»Spielst du Fußball?«

»Noch nicht, aber ich werde bald ein Profi sein.«

»Und wer hat dir das Trikot gegeben, das du anhast?«

»Ist ein Geschenk. Von Madame Goulde zum Geburtstag. Es hat mal ihrem Sohn gehört.«

»Wer ist denn Madame Goulde?«

»Eine sehr nette Dame.«

Mehr hat er mich nicht gefragt. Nur das, und er meinte, ich sei nicht sehr gesprächig. Tatsächlich bin ich ein bisschen müde, darum lese ich die Nummernschilder, um den Sandmann zu vertreiben. Eliott hat zwar gesagt, ich könnte auch schlafen, aber ich möchte mich lieber vergewissern, dass wir auf dem richtigen Weg sind.

Da, jetzt sehe ich sie. Die falschen Sternschnuppen. Auch Jupiter ist aufgestanden und blickt aus dem Fenster. Es gibt sogar ein Schild mit einem gezeichneten Flugzeug darauf. Ich bin froh, dass Eliott uns nicht ausgetrickst hat.

»Wie findet man heraus, wohin diese Flugzeuge alle fliegen?«

»Nicht mein Problem, schon vergessen? Am Ende dieser Straße befindet sich der Flughafen. Ich lasse dich aussteigen und fahre wieder weg.«

Nein, ich hatte es nicht vergessen. Aber jetzt, so kurz vorm Ziel, denke ich mir, dass man vielleicht ein paar Sachen wissen muss, ehe man korrekt fliegt, dass es Bücher gibt, die man lesen, Tricks, die man kennen, Sprachen, die man sprechen muss.

»Du kannst aussteigen.«

Ich gehe los. Ich weiß gar nicht, ob ich noch Lust dazu habe, aber das kann ich Jupiter nicht antun, nicht jetzt, nicht an der Schwelle zum großen Abenteuer. Ich schiebe ihn unter meinen Anorak, um ihn vor den Koffern und dem Regen zu schützen, der von der Seite kommt und gegen die Autotüren trommelt.

Busse stehen vor Hallen, Familien hinter Fensterscheiben. Man könnte meinen, eine Stadt aus Glas vor sich zu sehen, in der nur Menschen leben, die sich verirrt haben.

Es gibt so viele Eingänge, dass ich immer noch draußen stehe. Ich zögere. Soldaten mit großen Gewehren halten Wache, und die Leute, die aus dem Flughafen kommen, flüchten vor dem Regen, als stünde er in Flammen. Die einen rennen los, um sich in ein Taxi zu retten. Die anderen werden bestraft und stehen vor den Reisebussen in der Schlange. Endlich bin ich drin, aber jetzt sehe ich keine Flugzeuge mehr. Nur lange Gänge und große Fahrstühle.

Die Männer und Frauen hier bewegen sich in Gruppen fort und schauen immer wieder an die Decke, alle sind schwer mit Taschen und Sorgen beladen. Ich habe mich umgesehen und auf eine Münze, einen

Blick, ein Zeichen, einen Rat gewartet … aber ich existiere nicht. Hier gibt es zwar mehr Licht und Geschäfte als in den Straßen der Stadt, aber die Passanten wirken besorgt. Vielleich tut es weh, wenn man in der Luft ist. Das würde erklären, warum niemand es übers Herz bringt, stehen zu bleiben und eins dieser köstlichen Macarons zu essen. Stimmt, sie sind ziemlich teuer, aber ich konnte einfach nicht widerstehen. Ich war ja schon länger auf der Suche nach einem Dessert. Und zufälligerweise war ein großes Macaron mit Erdbeerbonbongeschmack übrig, es war nur etwas rissig, aber niemand wollte es, ganz allein lag es in seiner Reihe, als hätte es auf mich gewartet … Die Umhüllung habe ich abgeknabbert, aber die Mitte bewahre ich mir für später auf. Als Belohnung.

Ich bin eine Weile herumgelaufen, mit Jupiter auf dem Arm. Er wollte runterspringen und hat mich dabei am Bauch gekratzt. Ich hatte schon Angst, dass er ohne mich wegfliegen wollte. Ziemlich lange war ich unterwegs und habe auf jeden Schritt geachtet, damit mich kein Schwall von Erwachsenen mitreißt. Ich habe nur Kofferkulis und Türen gesehen, durch die man nicht gehen kann. Eine Stimme kündigt die Flüge an, teilt die Gruppen ein, schimpft mit den Nachzüglern. Kein Wort über uns, keins über Ägypten. Ich bin lange gelaufen, weil ich gehofft hatte, ein Flugzeug zu finden. Eine Pause habe ich mir nur gegönnt, weil zwei Frauen über den Mann sprachen, der ihren Koffer zog, ohne sich umzudrehen, und das schien mir wichtig zu sein. Die jüngere sah traurig aus, die andere lachte, um sie zu trösten. Aber das funktionierte nicht. Die traurige fing jeden Satz mit »Aber das Schlimmste ist, dass« an, und immer, wenn sie den Mund aufmachte, kam etwas Schlimmes raus, das noch schlimmer als das vorherige war. Sie sprach leise, in leicht empörtem Ton, sodass man automatisch Lust bekam, ihr zuzuhören. Ich habe nicht alles verstanden, darum bin ich näher zu den beiden Frauen gegangen. Und dann bin ich einfach weggelaufen, irgendwohin, weil die eine mich entdeckt hatte, als ich die andere zu lange angesehen habe.

Geschafft. Wir sitzen vor einer Glaswand, hinter der eine Boeing abgestellt ist. Ich habe noch keinen geheimen Durchgang zu den Startbahnen gefunden, aber wir haben es geschafft, ein Flugzeug aus der Nähe zu sehen, und das ist so gut, dass ich mir erlauben kann, in das Macaronherz zu beißen. Ich habe Jupiter freigelassen, damit er den Anblick genießen kann, und ich gebe ihm den Rest seines Futters, einen Finger voll pro Minute. So läuft er herum und kommt immer wieder zu mir zurück.

Ich habe ein kleines Mädchen gesehen, das hinter seiner Mutter herlief. Ich beneide sie. Sie hat einen Rucksack und geht auf Türen zu, die für mich verboten sind. Ich frage mich, ob es Betten für die Leute gibt, die nachts fliegen. Hier sind jedenfalls so viele Plätze, dass eine ganze Schule darin übernachten könnte. In der Nähe ruhen sich ein paar Leute aus, ausgestreckt, so gut es eben geht, mit dem Gepäck als Kopfkissen. Ich bin müde.

Ich habe beschlossen herumzulaufen, damit ich nicht einschlafe, und ich habe einen Bildschirm mit Städten gesehen. Leider sah keine davon ägyptisch aus. Das ist nicht schlimm, wenn es anders gewesen wäre, wäre ich nicht weitergegangen und hätte vielleicht nie das Geschäft gesehen, in dem sie Reisen verkaufen. Es war kein Verkäufer mehr da, und das Licht war auch aus, aber sie hatten vergessen, den Fernseher im Schaufenster auszuschalten, auf dem Länder vorüberzogen und der Preis, den man zahlen muss, um dorthin zu gelangen. Ich verstehe nicht, warum an einem Ort, an dem die Tickets so teuer sind, niemand bettelt. Jedenfalls muss man wirklich eine Menge erledigen, ehe man abheben kann. Nicht auszudenken, wie das bei der Rückkehr sein muss …

Na ja, ein Flugzeug zu sehen ist ja auch schon was. Noch dazu ein schönes … Ich denke wieder an das kleine Mädchen und sage mir, dass ich vielleicht mehr auf seine Mama neidisch war und weniger auf ihren Rucksack oder den Passierschein. Ich bin mir sicher, dass ihre Mutter sie nicht liebt und dass sie ihr darum nachgelaufen ist, wohingegen meine Mutter bei meiner Rückkehr so glücklich sein wird, mich zu sehen, dass sie mir nicht mal böse sein kann. Ich muss nur daran denken, Umschläge nachzukaufen, dann bin ich ein richtiges Musterkind. Vielleicht beglückwünscht sie mich sogar.

Jupiter hält auf einem der Sitze ein Verdauungsschläfchen. Seine Augen schließen sich sanft, und er betritt sein neues Königreich. Er möchte nach dieser langen Reise gern schlafen, aber die Stimme aus dem Lautsprecher muss ständig irgendwas sagen, und er schreckt wieder hoch. Ich sitze hinter ihm und versuche, wie jemand auszusehen, der einen Koffer hat. Ein bisschen weiter weg stehen Männer in Uniform und unterhalten sich, und ich habe Angst, dass sie merken, dass ich nicht zu den Bewohnern dieser weißen Stadt gehöre, in der nie jemand stehen bleibt.

Ich weiß nicht recht, wie ich es ihm sagen soll, aber ich glaube, es ist Zeit, wieder nach Hause zu gehen.

Ich möchte aus der Haut fahren. Mein Bewusstsein von diesem lästigen Körper trennen. Es liegt nicht an mir, sondern an den anderen, und genau das ist das Problem. Für sich allein ist ein Individuum nichts oder jedenfalls nichts Besonderes, deshalb spielen wir uns immer wieder auf, erinnern ständig an unsere ruhmreichen Momente, anstatt uns einer Zukunft zuzuwenden, die so vorhersehbar ist, dass wir wünschten, sie wäre ungewiss. Vielleicht legen die Leute so viel Wert darauf zu betonen, wie unterschiedlich sie sind, weil wir alle gleich sind. Vielleicht ist es das, wovor sie sich fürchten: diejenigen zu sein, die sie verabscheuen.

Ich habe oft geblufft. Ich habe meine Masken perfektioniert und geglaubt, mein wahres Gesicht dadurch loszuwerden. Auf dem Collège habe ich die anderen so sehr um ihre Normalität beneidet, dass ich persönliche Einschläge vorgetäuscht habe: Trauer um eine unverhofft verstorbene Tante oder um ein geliebtes Tier, die noch frischen Narben einer ersten Liebe, über die ich angeblich aus Angst vor Klatsch und Tratsch nicht gesprochen hatte … Interessant war man nur, wenn man ein Geheimnis hatte oder hinter einem leeren Blick irgendeine Verletzung verbarg. Ansonsten bemaß sich die Freundschaft zwischen zwei Mädchen daran, wie gut sie über ein drittes spotten konnten. Wie sie ihre Lästereien mit wissendem Lächeln und einer Choreografie aus Fingern untermalten, die auf andere zeigten. Die Jungs hingegen gaben sich täglich Mühe, die Grenzen ihrer Dummheit noch ein bisschen weiter auszudehnen. Ich habe die Mittelstufe gehasst.

Damals habe ich mich mit dem Gedanken beruhigt, dass ich dabei war, die schlimmsten vier Jahre meines Lebens hinter mich zu bringen. Ich habe mich geirrt. Seitdem vergeht keine Woche, ohne dass ich mich nach der relativen Sorglosigkeit der Wochenenden bei meinem Vater sehne, als ich Lebensberichte von drogenabhängigen Jugendlichen lesen konnte, oftmals Amerikanerinnen, die mich besser zu verstehen schienen als irgendjemand sonst. Ich habe niemals Drogen genommen, bin überhaupt nur selten Risiken eingegangen. Auf dem Gymnasium – müde, weil sich kein Junge für mich interessierte – trank ich bei einer Geburtstagsfeier, zu der man mich aus Höflichkeit eingeladen hatte, genug Alkohol, um mich vom Bruder der Gastgeberin entjungfern zu lassen, in der Überzeugung, dass sie mir das nicht übel nehmen würde. Auch in diesem Fall irrte ich mich. Außer heftigem Schmerz empfand ich nichts, und danach hatte ich den Eindruck, eine Art Initiationsritus durchlaufen zu haben, schmerzhaft, aber notwendig.

Ich glaube, glücklich war ich nie. Reisen und Ortswechsel haben mir lediglich klargemacht, dass die menschliche Dummheit und Gemeinheit grenzenlos sind. Männer sind abscheulich. In der autoritärsten Diktatur ebenso wie in der freiheitlichsten Demokratie hat jeder Mann grundsätzlich das Recht, eine Frau zu erniedrigen, sie mit seinem Blick zu vergewaltigen oder mit einer zweideutigen Bemerkung zu beschmutzen. Frauen hingegen verbringen den größten Teil ihres Lebens damit, sich an Vorbildern auszurichten, die ihre Sicht der Norm bestätigen.

Die Liebe ist eine bequeme Lüge. Hoffnung ist verschleierte Reue. Gespräche sind ein Zeitvertreib, der uns hilft, ein Fenster zu den anderen offen zu halten.

Als kleines Mädchen habe ich mir gern eingeredet, ich sei gar nicht wirklich da. Ich stellte mir vor, tot zu sein, unsichtbar. Zweifellos die einfachste Erklärung für das allgemeine Desinteresse, das meine Umgebung mir entgegenbrachte. Im Nachhinein glaube ich, dass mir diese Vorstellung auch darum gefiel, weil sie mir eine Art von Macht verlieh. Das Gefühl, Hüterin eines überlegenen Bewusstseins für Dinge und Wesen zu sein. Mit zehn Jahren erlangte ich die Gewissheit, dass ich sehr wohl am Leben war, und zwar an dem Tag, an dem ein Motorradfahrer mir auszuweichen versuchte, als ich dem Bus hinterherrannte, der mich zur Schule bringen sollte. Es gelang ihm. Er prallte gegen einen Krankenwagen und war auf der Stelle tot. An jenem Tag stürzte mein Gedankengebäude in sich zusammen, und noch heute erscheint mir die Vorstellung, dass ein anderer womöglich sein Leben geopfert hat, damit ich weiterleben kann, wie die Zusammenfassung aller Absurditäten dieser Welt.

Leben ist niemals einfach. Menschen sind immer *zu* einfach. Ich bin eine Art Überdruss in der Schwebe. Ein unruhiger Geist in einem Körper ohne Anmut. An manchen Abenden habe ich versucht, etwas anderes zu sein. Vielleicht lag es am Alkohol, aber wenn ihre Blicke auf mir ruhten, fühlte ich mich manchmal tatsächlich wie eine Frau und nicht wie ein Stück Fleisch. Ich kam mir unbedarft oder schön vor, lasziv oder blöd und gab mich diesem Spiel von Blicken hin, die sich suchen und sofort wieder ausweichen, wobei sie Verlegenheit oder Schüchternheit vortäuschen. Ich habe diese sinnlosen Zerstreuungen satt, dieses unaufhörliche Bedürfnis, einer Existenz Sinn zu verleihen, der es so sehr daran mangelt.

Das Leben ist eine Frage. Die Welt ist Schweigen. Glaube ist ein Mantel, Ehre eine Laune. Langeweile ist ein Geständnis. Ich weiß nicht mehr, wie ich leben soll. Der Tod macht mir nur Angst, weil er die Möglichkeit einer Wiedergeburt beinhaltet.

Obwohl ich es immer eher als gedankliches Konstrukt denn als echte Option betrachtet habe, habe ich doch oft daran gedacht. Mir »das Leben zu nehmen«. Dieser Ausdruck erinnert mich an die Kirche, an den Augenblick, wenn der Priester die Gläubigen auffordert, einander zum Zeichen des Friedens bei der Hand zu nehmen. Man kann sich das Leben nehmen, wie man die Hand eines anderen nimmt. Selbstmord ist etwas Faszinierendes. Letzte Zuflucht des Schwachen, letzte mutige Tat des Gerechten, krasses Eingeständnis des Scheiterns, die Würde eines verblendeten Herzens, was auch immer. Jeder kann seine Seele und sein Gewissen befragen und entscheiden, ob das Leben es wert ist, gelebt zu werden oder nicht. Ein weiteres Grundrecht, das in keiner Verfassung steht. Erst wenn die Frage sich nicht mehr stellt, greift das

Gesetz als Richter über das Unerträgliche ein. Jeder gesunde Mensch kann sich »das Leben nehmen«, ohne behelligt zu werden, aber einem Querschnittsgelähmten im Endstadium, für den das Leben nur noch aus dem Wechsel der Infusionsnadel besteht, macht man dieses Recht streitig. Das verstehe ich nicht. Aber solange ich nicht selbst in diese unangenehme Lage komme, ist es mir auch schnurzegal.

Militantes Engagement hat mir immer schon Angst gemacht. Diese Unbedingtheit, mit der manche Menschen zum Wohl der Allgemeinheit zu handeln glauben, während sie doch nur versuchen, ihre Sicht der Dinge wie einen Nerzmantel all jenen aufzudrängen, die sie nicht teilen. Diese eroberungslustige Weltsicht, die Gandhi und Hitler gemeinsam hatten. Manchmal habe ich das Gefühl, dass die ganze Welt von diesem Symptom befallen ist.

An der Uni bin ich allein. Wenn mich ein Blick streift, lächle ich wie eine Idiotin, damit mich niemand sieht. Leer. Ich bin kein Gespött mehr, nicht mehr seltsam und auch keine Nutte, ich bin gar nichts. Wie jeder andere auch.

Es war beinahe schön, ehe die Nacht hereinbrach. Vielleicht war es nur ein Traum, weil ich lange gedöst habe, aber ich glaubte zu sehen, dass die Sonne die Fensterläden liebkost wie ein schüchternes Kind, das vorbeikommt, um Guten Tag zu sagen.

Nach der Dusche aus Prinzip habe ich beschlossen hinauszugehen, sobald der Mond sich zeigt, und mich allein auf die Terrasse des italienischen Restaurants nebenan zu setzen.

Meine Mutter ist ein Vorwurf. Mein Vater eine Abwesenheit. Mein Leben ist eine durchgestrichene Stelle. Wenn ich ganz von vorn anfangen könnte, würde ich mich dafür entscheiden, nicht geboren zu werden. Das Restaurant macht zu. Der Regen hat die Passanten vertrieben, und der Samstagabend scheint ein Abend wie jeder andere zu sein. Ich habe dem Gewitter immer schon gern die Stirn geboten. Bin auf den Blitz zugegangen, um zu beweisen, dass Gott nicht die Eier hat, mich zu erschlagen. Vom Donner geführt, bin ich zum Fluss gegangen. Ich komme dort sonst nie vorbei. Entlang der Brücke über den Fluss gibt es ein Geländer mit Gitterstäben, schmal und verlockend. Der Regen wird stärker. Ich steige über die Brüstung.

Ich hatte gehofft, mich angesichts des Todes lebendig zu fühlen. Es ist umgekehrt. Ich blicke auf das schwarze Wasser, liebkose mit einem Fuß die Leere. Es fühlt sich fast an, als könnte ich mir einen Platz in dieser Finsternis einrichten. Wenn ich losließe … Wenn ich loslasse. Wenn ich loslasse, ändert sich nichts. Wozu springen, wenn niemand um mich weint? Wozu existieren, wenn ich an meinem Groll fast ersticke?

»Wenn Sie von so hoch oben springen, tun Sie sich bestimmt weh.«

Können die Figuren über das Ende eines Buchs entscheiden? Vielleicht mussten manche Helden den Autor erst einmal überzeugen, ehe sie eine Schlacht gewinnen durften... Ich persönlich habe geglaubt, einen Kater überzeugen zu müssen, aber Jupiter ist zurückgekommen und sitzt jetzt schnurrend unter meinem Trikot, ohne dass ich irgendetwas zu ihm sagen musste. Zweifellos hat er verstanden, dass es besser ist, sich sofort auf den Weg zu machen, wenn wir pünktlich zum Frühstück da sein wollen.

Da mich alle Erwachsenen unbedingt nach Hause bringen wollen, muss ich nur in die Stadt zurückgehen und den erstbesten, der mir über den Weg läuft, um Hilfe bitten. Draußen grollt der Donner. Ich frage mich, wer gewinnt, wenn der Blitz in ein Flugzeug einschlägt... Vor dem Flughafen steht nur noch ein einziger Bus. Ich weiß nicht, wohin er fährt, aber weil es keinen anderen gibt, steige ich ein. Der Fahrer hat gesagt, dass er in die Stadt fährt, aber er will nicht, dass ich ohne Fahrkarte mitkomme. Und die ist sehr teuer. Viel teurer als eine Fahrt in einem gewöhnlichen Bus. Das liegt bestimmt daran, dass es zwei Etagen gibt. Ich habe meine Hosentaschen geleert, und nachdem ich bezahlt habe, bleiben mir noch ein Euro und einunddreißig Cent. Der Fahrer hat gesagt, ich hätte Glück, dies wäre der letzte Bus. Ich dagegen finde, ich hätte Glück gehabt, wenn ich einem netteren Fahrer begegnet wäre.

Der Bus ist fast leer. Oben sitzen wir zu viert, Jupiter mitgerechnet. Das Gewitter wäscht die Straßen sauber, radiert die Landschaft aus. Ich werde die Augen schließen und warten, bis die Straßen der Stadt auftauchen.

»Du musst jetzt aussteigen, sonst fährst du wieder mit zurück.«

Eigentlich wollte ich einen der Passagiere bitten, uns nach Hause zu bringen, aber es ist keiner mehr da. Nur wir und der fiese Fahrer sind noch übrig.

Auf dem Platz ist kein Mensch zu sehen. Nur eine rennende Frau da drüben, sie hält sich die Handtasche über den Kopf. Wir bräuchten eine Brücke, um uns unterzustellen. Immer noch besser als eine Handtasche. Und mit etwas Glück finden wir vielleicht sogar Fabrice oder sehen die Schiffe schaukeln, während wir abwarten, dass der Regen nicht mehr alle Leute in die Flucht schlägt.

Da ich weder einen Kompass noch eine Karte besitze, habe ich beschlossen, der Richtung des ablaufenden Wassers zu folgen. Irgendwann wird es den Fluss erreichen ... Na ja, glaube ich jedenfalls ... Und wenn nicht, treffe ich zumindest auf jemanden, der keine Angst vor dem Gewitter hat.

Ich laufe gern durch den Regen, weil ich ihn bisher immer nur vom Fenster aus betrachten durfte. Das ist, als wäre ich plötzlich Schauspieler in einem Film, den ich schon oft gesehen habe. Jupiter kuschelt sich in meine Kapuze, um den Sturzregen zu spüren, ohne richtig nass zu werden. Der Boulevard ist verlassen. Vielleicht ist es nur eine Fata Morgana, aber ich glaube, dahinten zeichnet sich eine Brücke ab. In meinem Nacken miaut es wie zur Bestätigung.

Schade. Es ist eine dieser Brücken, die so hoch sind, dass man nicht hinuntergehen kann, um ein bisschen herumzulaufen. Wir werden sie überqueren, und dann gehen wir am Ufer entlang, bis wir die nächste sehen.

Jupiter ist runtergesprungen. Ich konnte ihn nicht daran hindern, aber wenigstens ist er nicht abgehauen. Ich glaube, er hat einfach Lust, sich ein bisschen die Pfoten zu vertreten. Er läuft außen auf der schmalen Kante, und obwohl ich das ziemlich unvorsichtig finde, vertraue ich ihm lieber, als zu riskieren, dass er das Gleichgewicht verliert, weil ich ihn zu fangen versuche. Außerdem habe ich ehrlich gesagt keine Lust, mich dem Rand zu nähern. Ich kann nicht schwimmen, Jupiter auch nicht, und wenn einer von uns runterfällt, stehe ich ganz schön dumm da.

Er läuft immer schneller. Ich bin ein bisschen beunruhigt, weil er nicht auf mich hört, wenn ich ihm sage, dass er zurückkommen soll. Außerdem ist er jetzt auf den winzig kleinen Rand hinter der Absperrung gegangen und nicht auf die Brücke, wo er jede Menge Platz hätte ... Allmählich bereue ich, das ich ihn nicht gefangen habe, als es noch möglich gewesen wäre. Es reicht, dass er ausrutscht, dass ein Blitz kommt oder er einen Fisch entdeckt ...

Aber ein Stück weiter schneidet ihm etwas den Weg ab. Etwas oder jemand. Auf dem winzig kleinen Rand.

Es scheint eine Frau zu sein. Ich weiß nicht, was sie dort macht, so spät und bei Gewitter auf dem Rand einer Brücke, aber sie kommt mir wie gerufen.

» Entschuldigen Sie ! «

Entweder sie hört mich nicht, oder sie ist nicht besonders höflich. Ich gehe näher heran, aber nicht zu nah, damit sie keine Angst bekommt, falls sie mich noch nicht gesehen hat. Ich würde gern etwas Nettes zu ihr sagen, ehe ich sie um Hilfe bitte, aber weil ich nicht verstehe, was sie da macht und was sie auf dieser Brücke verloren hat, zögere ich.

»Das Gewitter ist schön, nicht wahr?«

Vielleicht brüllt der Himmel zu laut, oder Fabrice hat mir beigebracht, zu leise um etwas zu bitten. Ich gehe noch ein bisschen näher ran.

»Wenn Sie von so hoch oben springen, tun Sie sich bestimmt weh.«

Es ist tatsächlich eine Frau. Sie hat den Kopf zu mir gedreht, ohne mich wirklich anzublicken, aber ich kann ihr Gesicht sehen. Es ist lang und spitz. Sie sagt immer noch nichts. Falls sie stumm ist, habe ich wirklich Pech.

»Fühlt sich das nicht komisch an oben im Bauch? Also, mir wird schon schwindelig, wenn ich euch beide da auf dem Rand sehe ... Ich glaube ...«

»Geh weg!«

»Wollen Sie wirklich da reinspringen?«

»Geh!«

»Na schön ... Schlimmstenfalls ... Also gut, ich gehe jetzt, okay? Aber im schlimmsten Fall ... ehe Sie springen ... Können Sie mir helfen, meine Katze zurückzuholen, wo Sie schon mal auf der richtigen Seite des ... des Geländers sind ... Geht das? Bitte!«

Sie rührt sich nicht vom Fleck und antwortet auch nicht. Ich tröste mich damit, dass das immer noch besser ist als »Geh weg«. Jupiter steht nach wie vor auf dem winzigen Rand, hat aber einen Meter vor der Frau angehalten. Ich hatte gehofft, dass er auf seiner Runde irgendwann wieder auf die Brücke zurückkommt, aber darauf hoffe ich wohl vergeblich. Auch er wartet, lauert wie ich auf eine Geste dieser unverhofften Erscheinung.

»Und außerdem: Wenn Sie springen, tun Sie sich weh. Wollen Sie das? Sie könnten sogar sterben!«

»Vielleicht will ich ja genau das.«

Also das hätte ich nun wirklich nicht gedacht. Wenn es nicht regnen würde, stünde ich jetzt mit offenem Mund da.

»Aber … Wie können Sie sich so was nur wünschen?! Alte Menschen sterben, aber Sie … Sie sind jung, und sterben … sterben ist blöd! Es gibt ganz viele Sachen, die Sie dann nicht mehr machen können.«

»Und das wäre?«

»Ich weiß nicht … zum Beispiel alt werden!«

»Und wenn ich nicht alt werden will?«

»Hm … Madame Goulde sagt, Altwerden ist bisher das einzig bekannte Mittel, um lange zu leben.«

Ihre Schultern bewegen sich, aber weil ich ihre Augen nicht sehen kann, weiß ich nicht, ob sie lacht oder schluchzt. Das Gewitter gefällt mir nicht mehr. Ich möchte, dass es aufhört und die Nacht auch.

»Aber wenn Sie springen und er bekommt auch Lust darauf, was soll ich dann machen? Sie wollen vielleicht sterben, aber Jupiter hat nicht darum gebeten. Und ich auch nicht, ich habe auch um nichts gebeten. Na ja, doch, aber nur um ganz wenig.«

»Du kannst näher kommen, dann musst du nicht so schreien, okay? Ich bin nicht so schwachsinnig, dass ich runterspringe, nur weil du mir zu nahe kommst, und deine Katze da auch nicht.«

Ich schmolle. Sobald sie mir Jupiter zurückgebracht oder den Weg freigegeben hat, rede ich kein Wort mehr mit ihr, Schluss, aus, Ende, Klappe zu. Es gibt Tausende von Brücken, aber nein, sie musste unbedingt auf unsere klettern, noch dazu auf die Seite, die Jupiter ausgesucht hat, um sich die Beine zu vertreten. Also, das ist echt nicht cool. Ich schmolle nur selten, aber ich finde, sie hat es verdient.

»Ich helfe dir, okay? Hörst du?«

Ich antworte nicht und ziehe ein finsteres Gesicht. »Helfen«, was heißt das schon? Ich setze mich auf den Boden.

»Na los, Katze, geh zurück auf die andere Seite.«

»Er heißt Jupiter.«

»Nun geh schon, Jupi! Na los, steh auf, und jetzt nach rechts. Zwing mich nicht, dich zu holen.«

Irgendwo über dem Fluss donnerte und blitzte es. Mir blieb keine Zeit, mich zu fürchten. Sie hatte den Zeigefinger gehoben, um meinem Kater zu drohen, und da habe ich sie wegfliegen sehen, als wäre der Blitzstrahl ein Lufthauch und sie ein Blatt. Jupiter ist zwischen den Gitterstäben des kleinen Geländers hindurchgesprungen, er hat geschrien wie eine aufgescheuchte Miezekatze und ist in meine Kapuze geflüchtet. Ich drücke ihn ganz fest an mich, aber das tröstet mich nicht. Sie soll nicht sterben, jetzt, wo sie mir geholfen hat. Ich glaube, sie ist ausgerutscht. Eigentlich müsste ich nachsehen, aber ich traue mich nicht. Doch, ich muss nachsehen. Ich gehe hin. Mit vorgestrecktem Kopf gehe ich los, um besser zu sehen, was sich vor meinem Körper befindet. Wenn ich könnte, würde ich ihn zurücklassen und nur ein Auge losschicken. Ich weiß nicht, ich könnte fast schwören, dass ich einen Arm sehe. Das ist unmöglich. Jetzt ein Körper. Sie ist es. Sie steht auf und schleppt sich mühsam auf die richtige Seite. Ich glaube, sie weint.

Ich habe all meinen Mut zusammengenommen und mich ihr so weit genähert, dass mein Kinn fast das Geländer berührte, und da fiel mir auf, dass der Rand immer größer geworden war. Er ist nicht wirklich breit, aber auch nicht so winzig, wie er von weiter hinten aussah. Ehrlich gesagt, habe ich den

Rand von dort hinten gar nicht richtig gesehen. Hab ihn mir eher vorgestellt. Die Rückkehrerin betrachtet das Gewitter mit der schmerzerfüllten Verständnislosigkeit eines Babys, dem man unfairerweise den Schnuller weggenommen hat. Ich frage mich, ob sie enttäuscht ist, weil sie nicht gesprungen ist, oder nur gerührt, weil sie so einen hübschen Kater gerettet hat.

»Wissen Sie, manchmal beschließt man, irgendwohin zu gehen, und dann bleibt man trotzdem kurz vorm Ziel stehen. Maman sagt, dass man alles zu Ende bringen muss, was man angefangen hat, weil es sehr schlecht ist, wenn man aufgibt, aber ich glaube, es ist gar nicht so schlimm. Ich denke, manchmal ist der Weg wichtiger als das Ziel.«

Mit dem Blick suche ich den Fluss nach einem verunglückten Schiff ab, aber die Schiffe liegen aneinandergereiht da, reglos und geduldig wie Bäume im Winter.

»Wir zum Beispiel, wir wollten uns Ägypten anschauen, und ich habe es nur bis zu dem Flugzeug geschafft, das uns hinbringen sollte. Und jetzt gehe ich nach Hause zu Maman und bin gar nicht traurig. Vielleicht können Sie auch wieder zum Leben zurückgehen, nachdem Sie jetzt wissen, wie der Tod aussieht … oder?«

Diesmal habe ich sie lächeln sehen, ganz sicher. Nicht so richtig mit Zähnen und dem leisen Atemzug, der dazugehört, aber ihr Gesicht ist jetzt runder, und links von ihrem Mund ist ein verräterisches Grübchen zu sehen.

»Warum denn Ägypten?«

»Na ja, weil es das Land ist, aus dem die Katzen kommen. Und außerdem gibt es in Ägypten viele tolle Sachen zu sehen: Pyramiden, Mumien, Pharaonen, die Sphinx, Hieroglyphen, Pharaonen in den Mumien … Können wir vielleicht von der Brücke runtergehen, irgendwohin, wo es ein bisschen weniger regnet?«

»Und du bist ganz allein ausgerissen, um nach Ägypten zu fliegen?«

»Gar nicht, ich habe Jupiter beim Fliehen geholfen. Und Sie, sind Sie ausgerissen?«

»Nein. Ich bin alt genug, um wegzugehen, ohne jemandem Bescheid zu sagen.«

»Und früher?«

»Als ich jünger war, bin ich mal ausgerissen, in der dritten Klasse, da ist mein Vater gestorben. Allerdings war ich da schon viel älter als du jetzt.«

»Ist das schlimm?«

»Was, ausreißen?«

»Nein, dass dein Vater gestorben ist.«

»Was meinst du denn?«

»Wenn Sie darüber reden, klingt es so … Na ja, ich dachte immer, das wäre ganz normal. Maman sagt, Väter sterben, damit ihre Söhne Väter werden können, ehe sie dann selbst auch sterben.«

»Und hast du ihr gesagt, dass du weggehst?«

»Ich habe ihr vorgestern eine Nachricht hinterlassen.«

»Steht da drin, dass du nach Ägypten fliegst, nur mit dem Kater?«

»Nur mit Jupiter. Ja, im Großen und Ganzen habe ich ihr das gesagt.«

»Und dann?«

»Dann haben wir mit Laura, einer sehr netten Maus, etwas gegessen, ich habe ein bisschen gelesen, und am Morgen konnte ich sogar einen Schneemann bauen. Als wir wieder aufgebrochen sind, habe ich einen Mann auf einer Bank liegen sehen, und ich habe mich gefragt, ob …«

Während ich ihr weiter von unseren Abenteuern erzählte, sind wir an einer breiten Straße angekommen. Es hat beinahe aufgehört zu regnen, aber überall ist Wasser, in dem sich die Nacht spiegelt, und es ist, als liefe man über einen Sternenteppich. Sie hört sich meine Geschichte an, ohne überrascht zu wirken. Ich wate durch die Pfützen, gehe auf dem Mond.

»Und es gibt mindestens so viele Koffer wie Autos in der ganzen Stadt! Vielleicht sogar noch mehr! In allen Größen und Farben und Formen …«

»Dreh dich mal um.«

»Mein Koffer war ein schwarzer Rucksack. Sind Sie sicher, dass ich da drüben wohne? Den großen Park dort kenne ich nicht.«

Ein Rucksack, noch schwärzer als Jupiter, wenn er seine Nachtfarbe trägt. Er war sehr praktisch, weil er eine kleine Tasche an der Seite hatte, in die man …

»Dreh dich um, habe ich gesagt.«

Als ich mich umdrehe, rechne ich mit gar nichts. Ich habe Schiffe auf dem Fluss gesehen, abgestellte Flugzeuge, unendliche Felder, grässliche Gewitter, Wolkenfabriken und Gebäude, die so hoch waren, dass einem beim Runtergucken schwindelig wurde, und ich hätte mit allem gerechnet – nur damit nicht.

»Aber … wir sind doch nicht in Ägypten!«

»Wir sind am Louvre. Das ist dasselbe.«

Es ist nicht ganz dasselbe, aber ich bin total überrascht, und darum ist es vielleicht noch schöner. Diese Pyramide besteht nicht aus großen Steinblöcken, sondern aus Lichtern unter Glas, wie ein kleiner Berg, zerbrechlich und durchsichtig. Sogar Jupiter bewundert sie, versucht aber gar nicht, irgendwas zu verstehen.

»Unter dieser Pyramide gibt es genauso viele Pharaonen, Mumien und Reliefs, wie du sie in Ägypten finden würdest. Es gibt sogar Totems mit Katzenköpfen, Statuen, Gräber und alles andere, wofür du in ein Flugzeug steigen wolltest. Wenn es dich also das nächste Mal in den Fingern kribbelt, geh in den Louvre, anstatt deiner Mutter Angst einzujagen oder ein Vermögen auszugeben. Das kostet dich nichts, und du musst keine unnötigen Risiken eingehen. Verstehst du, was ich damit sagen will?«

»Danke.«

»Können wir jetzt gehen?«

»Nein, einen Moment noch.«

Sie hat mehr getan, als mir zu helfen. Sie hat hinter der Niederlage eine Chance gesehen. Sie versucht nicht mehr, das Stadtmonster zu töten, sondern verwandelt es stattdessen in einen immer zu Späßen aufgelegten Riesen. Am liebsten möchte ich ihr dieses Glück hundertfach zurückgeben, ihr schöne Sachen versprechen, nur um ihr eine Freude zu machen, und ihr sagen, wie gern ich ihr schon früher begegnet wäre. Ich schweige. Wir haben uns auf die Treppen gesetzt, auf die oberste Stufe, die durch den Vorsprung über der Tür vor dem Gewitter geschützt war, und ohne ein Wort zu sagen, haben wir gewartet, bis es Tag wurde über diesem ans Ufer der Seine verlegten Stück Ägypten. Der Sonnenaufgang und die Pyramide waren ihr sicherlich egal. Vielleicht hat sie einfach auf mich gewartet, und das war's, aber ich möchte gern glauben, dass sie meinetwegen etwas am Himmel gesehen hat, das schön genug war, ihr die Lust an Sprüngen ohne Fallschirm zu nehmen.

Die Zeit ist sonderbar. Manchmal kommen einem mehrere Monate wie Sekunden vor, während es Tage gibt, die Jahrhunderte zu dauern scheinen.

»Ich fühle mich wie ein Forscher, der schon so lange unterwegs ist, dass ihn bei seiner Rückkehr ins Dorf alle vergessen haben.«

»Das war gestern. Wenn wir jetzt gehen, besteht vielleicht noch eine Chance, dass deine Mutter dich wiedererkennt.«

Es ist heller als hell. Die Sonne holt sich das Wasser zurück, das von dem Unwetter übrig geblieben ist. Bald wird es sein, als wäre nichts von alldem wirklich geschehen. Die Stadt wird sich an einen Traum erinnern, in dem sie den Donner an ihre Fensterläden klopfen hörte. Bis bald, schöne Pyramide. Auf ein Wiedersehen, Louvre.

Wir werden ein Taxi nehmen. Ich weiß unsere Adresse nicht genau, aber ich erinnere mich an den Namen der Bibliothek, und von dort aus finde ich nach Hause. Clara hat die Adresse gefunden, indem sie auf ihrem Handy danach gesucht hat.

Ich bin noch nie in einem Taxi gefahren. Maman

meint, das ist nur was für Reiche und Faule. Das habe ich dem Fahrer erzählt, und er hat gelacht und gesagt, dass er weder das eine noch das andere ist. Draußen zieht Paris an uns vorbei. Wie die Zusammenfassung eines Buchs, dessen Held ich war, nur dass alle anderen schon weg sind. So ist es sonntagmorgens offenbar immer.

»Wozu braucht man so viele Taxis, wenn keiner eins nimmt?«

»Sie sammeln halt auf, was liegen bleibt«, sagt Clara.

»Sie helfen denen aus der Klemme, die betrübt sind«, sagt der Fahrer.

Die richtige Antwort liegt wahrscheinlich irgendwo in der Mitte. Jupiter ist zwischen Clara und mir eingeschlafen. Sie streichelt ihn ununterbrochen, als würde sie sonst an den Nägeln kauen. Unser Taxifahrer erzählt uns Geschichten von Leuten, die er sonntags bei Tagesanbruch auf verlassenen Avenuen eingesammelt hat, genau wie uns. Ich verstehe nicht alles, darum schweift meine Aufmerksamkeit allmählich ab. Clara redet sowieso für zwei, sogar wenn sie schweigt. Manchmal höre ich sie mit ihm lachen und so erwachsene Zwischenbemerkungen machen wie: »Kann ich mir vorstellen«, oder: »Das ist bestimmt nicht leicht.« Jupiter wirkt ganz ruhig. Wenn man ihn so vor sich hin träumen sieht, könnte man meinen, er wäre nie weg gewesen. Ich versuche, nicht mehr zu blinzeln, damit mir am Ende nicht doch noch die Augen zufallen.

Diese Straße erkenne ich wieder. Erst der Bäcker, dann der Supermarkt, und schließlich kommt der Park, an dem ich jeden Tag auf dem Rückweg von der Schule vorbeigehe.

»Ist das da deine Buchhandlung?«

»Es ist eine Bibliothek.«

»Ist sie es, ja oder nein? Gut. Und wo geht's zu dir nach Hause?«

»Hinter uns, weiter rechts.«

»Bist du sicher?«

»Plombensicher.«

»Na, dann los, auf geht's.«

Ich hatte es dermaßen eilig, aus dem Taxi zu steigen, dass ich Jupiter fast auf der Rückbank vergessen hätte. Auch in dieser Gegend schlafen die Häuser noch, obwohl die Sonne so schön scheint. Nur die Leute vom Markt bereiten ihre Stände vor, als wäre das Leben ein Theater und sie müssten die Bühne aufbauen. Maman ist die Hauptdarstellerin. Bald kommt ihr Auftritt, sie wird sich über den Preis für den Fisch streiten, ihren Caddie vom Gemüse- zum Käsestand ziehen und die ungeduldigen Leute verfluchen. Ich mag diesen Sonntagsstreit nicht. Ich warte lieber brav in der Nähe des Stands mit den Filmen, bis der Caddie überquillt.

Hinter mir redet der Fahrer immer noch mit Clara. Als ich weggehe, guckt sie mir hinterher. Ich sehe Jupiter an, der auf meinem Arm schläft. Wenn er aufwacht, kann ich ihm endlich mein Zimmer zeigen. Ich kenne den Code für die elektronische Tür auswendig, weil ich ihn immer schnell eintippe, wenn ich von der Bibliothek zurückkomme, aber ich bin noch nie allein ins Haus gekommen, die Tür ist nämlich so schwer wie eine letzte Mutprobe. Ich renne schnell rein, ehe sie zufällt. Wir wohnen im dritten Stock, Wohnung Nummer 27. Im Treppenhaus ist Lärm.

Ich habe Hunger. Ein notwendiges Übel. Um der Welt entgegenzutreten, muss ich Lust haben hineinzubeißen, und das bringt es mit sich, dass ich jeden Tag auf das Frühstück, diese unverzichtbare Mahlzeit, verzichten muss. Nur einen Kaffee ohne Zucker am offenen Fenster, um der Welt einen herben, vollmundigen Geschmack zu verleihen. Mich fröstelt, und ich mache das Fenster wieder zu. Auf der anderen Straßenseite verspricht die Sonne einen milden Tag. Draußen liegt der Sonntag sogar in den von Melancholie gezeichneten Mienen, in den gemächlichen Schritten derer, die ihn genießen, und im unsichtbaren Überdruss der anderen, die zu Hause geblieben sind. Ich lese sonntags gern, auf der Terrasse einer Bar oder auf einer Parkbank. Ich mag es, in den Büchern den Duft einer Zeit wiederzufinden, in der sie für mich der einzige Maßstab dieser Welt waren. Eines Tages möchte ich auch eins schreiben … Ich schiebe den Gedanken beiseite und konzentriere mich wieder auf die Seite vor mir. Ich würde gern über Sachen schreiben, über die ich bereits lesen musste.

Die Kindheit ist eine Burg ohne Mauern. Eine nicht greifbare Zitadelle, in der jedes Gesetz ein Stein und jedes Buch ein Fenster ist. In der jedes Wort eine Tür ist und jeder Satz ein Schlüsselloch. In der die Ängste bezwingbar und die Freuden ungetrübt sind. Man denkt an diese Zeit zurück und findet sich »niedlich«, was genau in der Mitte zwischen blöd und glücklich liegt. Ich denke an jene Zeit und sehe mich vor einer Pyramide sitzen. Mit einem Kater, der Wasser aus einer Pfütze trinkt, und mit dem flüchtigen Eindruck, das Universum zu beherrschen.

Ich frühstücke im Hinterzimmer einer Sandwichbude in der Nachbarschaft. Zwei Männer schlingen eine Pizza hinunter, ohne ein Wort zu sagen oder auf den Fernseher zu achten, der in Endlosschleife Bilder eines Krieges am anderen Ende der Welt überträgt. Explosionen, Geschrei, Szenen panischer Angst … Ich sortiere meine Pommes der Größe nach, um die knusprigsten herauszusuchen. Mit der betrübten Miene eines Kellners, der verkündet, dass das Tagesgericht leider aus ist, spricht der Sonderberichterstatter von Dutzenden Toten.

Ich bin satt. Ich trinke mein Glas aus, während ich an der Theke stehe und zahle, ungeduldig, endlich weiterlesen zu können. Ich wähle eine alte Bank am Eingang eines Parks aus, die von der Sonne gewärmt wird, und nehme das Lesezeichen aus dem Buch.

» Du hast keine Kontrolle über das, was du mit deinem Leben anfängst. «
» Das stimmt. «
» Es heißt immer, es sind die Gene oder die Umwelt … Aber ich glaube, es ist etwas anderes. «
» Und was ist es deiner Meinung nach? «
» Etwas anderes eben … Etwas, das über diese Vorstellungen hinausgeht … über alles, was man weiß. (Pause) Vielleicht streift man im Traum manchmal die Antwort. (Pause) Was meinst du? «
» Keine Ahnung … «
» Ich denke, wir können es nicht wissen … Wenn wir es wüssten, wären wir tot. «
» Wir wären Gott. «
» Ja, wir wären Gott. Genau. «

» Entschuldigen Sie. «

Diese beiden Wörter perlen an mir ab wie Wasser an einer Fensterscheibe, dann lösen sie sich im Gemurmel des Parks auf. Mir bleibt nur noch eine Seite zu lesen. Die Welt geht erst dann weiter, wenn ich damit fertig bin.

»Glaubst du, dass die Hölle existiert? Dass wir schon dort sind?«

»Keine Ahnung, Mann.« (Pause)

»Glaubst du, dass wir nach dem Tod irgendwo hingehen?«

»Ich weiß nicht, aber … ich hoffe es.« (Pause)

»Ich auch … Vielleicht ins Paradies.«

»Keine Ahnung.«

»Ich auch nicht, aber vielleicht ist es ja so.« (Pause)

»Ich hoffe es.«

»Entschuldigen Sie.«

Diesmal höre ich die Stimme wie von weit weg, lasse mich kurz ablenken, verliere die Zeile, finde sie wieder.

»Hätten Sie vielleicht ein bisschen Kleingeld für mich?«

In dieser zarten Stimme liegt eine Zerbrechlichkeit, eine Haltlosigkeit, die mich zwingt, den Blick vom Buch zu heben.

Es ist ein Kind, allein, das da in einem Meter Entfernung vor mir steht. Der Junge hat einen Rucksack, drückt ihn an seinen Bauch. Ich würde ihm gern mit einer Geste zeigen, dass Geld nur Mittel zum Zweck ist. Ich möchte ihm sagen, dass in seinen Händen bereits alles Gold der Welt schlummert.

»Wo ist denn deine Mutter? Und warum soll ich dir Kleingeld geben?«

»Weil ich Sterne daraus machen will. Und Sie? Wer sind Sie?«

Im Gesicht des Mannes deutet sich ein Lächeln an.

»Jemand, der dir helfen wird.«